不本意なお見合い婚のはずが、クールな弁護士に猫かわいがりされてます

m a r m a l a d e b u n k o

JN052573

マーマレード文庫

目次

不本意なお見合い婚のはずが、
クールな弁護士に猫かわいがりされてます

不本意なお見合い婚のはずが、
クールな弁護士に猫かわいがりされてます

第一章・お見合いをしたら。

私の父は、祖父の代から創立して六十年の電機メーカーを経営する『久保田《くぼた》グループ』の社長だ。日本でも有数の実績のある大企業。会社で請け負っている業務は、製造から販売まで多岐にわたる。

私、久保田結菜《ゆな》はそんな大手企業の一人娘。大学卒業後、そこで社長秘書のアシスタントとして働かせてもらっていた。

と言っても社長秘書である金本《かねもと》さんの指示で報告書や紹介状を作ったり、雑務をやらせてもらっている程度だけど。

他には社長の娘として、父が主催するパーティーや他の会社のパーティーに同席する事もあった。

そんなある日。自宅で父の仕事部屋に呼び出された。

何かしら？　仕事部屋ということは、仕事の事？

父が私と個人的な話をする時は、リビングで食事をしている時が多い。今回はそうではないから仕事についての話だろうと予想した。

私が不思議に思いながら部屋に行くと、何故か母もそこに居た。

「失礼します。あの……何の用ですか？」

「結菜。あなたにいい話を持ってきたの」

「いい話……？」

「そう。あなたに相応しい方が、ようやく見つかったのよ。今度の日曜日にお見合いしなさい」

母は、嬉しそうに笑顔でそう言ってきた。父も満足げに微笑んでいる。

しかし私は、その衝撃な言葉に驚いてしまった。お見合い!?

母の言ういい話とは、お見合い話だったのか。

「ちょっ、急にお見合いとか、どういう事？」

「あら、急じゃないわよ。『いい人が現れたらお見合いをさせるから』と前から言っているじゃない。あなたも知っている人。ほら、お父様の会社の顧問弁護士の五十嵐《いがらし》さん。そこの長男の悠斗《ゆうと》さんなのよ。悠斗さんも同じ弁護士の道を選び、跡を継いで久保田グループの顧問弁護士として働いているでしょ？　本当に優秀な方で、この前の我が社の横領事件すらスピーディーに解決に導いて下さったじゃない。それ以外にも親身に相談に乗って下さったし、こんな方があなたの結婚相手になって下さったら頼もしくて素敵じゃないのよ」

いやいや。確かに凄いと思ったけど、それとこれは、別の問題じゃない!?

『五十嵐法律事務所』とは、父の会社の顧問弁護士として古くからの付き合いだ。

そこの室長である五十嵐さんの事を、父も心から信頼している。

冷静沈着で凄く頭の回転が速く優秀な人。

その血を引いている長男の悠斗さんもかなりの実力者だった。

大学在学中に司法試験に合格し、大学を首席で卒業すると、そのまま弁護士の道へ。

父親に負けず劣らず冷静沈着で頭の回転が速い。

先日、ウチの会社で三千四百万円の横領事件がありニュースにもなったのだが、一人でその犯行グループの糸口を見つけ出してしまった。犯人は、社員数人。

もちろん捕まったのだが、その鮮やかな解決方法を、両親は大絶賛していた。

それに関しては私も感心したが、だからと言って何故お見合いの話になるの?

確かに、いい人が見つかったらお見合いをさせるとは言っていたが。

まさか、本当にお見合いを言い渡されるなんて。せめてまだ先の事だと思っていた。

少し前まで娘に相応しい人が居ないと文句を言っていたぐらいなのに……。

「だからと言って私との縁談を勧めるのは、向こうにも悪いのでは？　五十嵐さんの方にも選ぶ権利があるのだし……」

「その辺は、心配いらないわよ。ウチとは、古い付き合いだし。向こうの両親も賛成して下さっているわ。我が社の経営は、いずれ産まれてくる子供に継がせればいいのだし。どちらにもまったく悪くない話でしょう？」

と、狼狽えて異議を唱える私に母は平然とそう言ってきた。

むしろ何が不満なの？　と言いたそうに眉をひそめる。

いやいや、本人の承認は？　親同士が勝手に決めているだけじゃない。

息子である悠斗さんには、パーティーで会った事がある。

七三分けの髪型をしているのだが形のいい眉にキリッとした切れ長の目が印象的だった。

スッと鼻筋が通っており顔のバランスが整っている。

まるで日本の代表と言ってもいいぐらいのイケメン。

お会いするなり思わず見惚れてしまうほどだった。

父に紹介されて挨拶も交わした。しかしクールで物静かな性格らしく一言か二言話したぐらいで、何も盛り上がらずに会話が終わってしまった。

そのせいか、カッコいいけど近寄りがたいイメージ。

おそらく向こうも私には興味がないのだと思っていた。

私も中学と高校は、私立のお嬢様学校に通っていたから男性との面識が少ない。

なので恋愛に関して憧れはあったが出会い自体は少なかった。

そんな私にお見合いの話が来たと言うから驚いてしまったのだ。

「でも……やっぱり本人に迷惑になるのでは？　ダメになるかもしれないし」

「ダメになるかは、会って話をしてから決めなさい！　すでに日取りも決めて料亭の予約もしたのだから断ったりしたらこちらだけではなく、五十嵐さんの面目も丸潰れよ!?　いいから、お見合いだけでもしなさい。分かったわね？」

母に思いっきり叱られる。こうなった母は、まったく話を聞かない。

私は、ハァッと深いため息を吐く。そこに拒否権はないようだった。

確かに断ったら両親の面目も五十嵐さんの立場も悪くなる一方だ。それは避けたい。

仕方がなくお互いの立場を考えてお見合いだけでもする事に。

日取りまで決められた訳だし……。私には、不安しか残らなかったが。

そしてお見合い当日を迎えた。晴れた今日はお見合い日和だ。

しかし私は、重苦しい気持ちになっていた。

母が気合いを入れて用意してくれた着物は、ピンク地に牡丹の柄が上品な色留袖。素敵な着物だが私は着物よりパーティードレスの方が好きだった。

着物だけでも息苦しいのに、お見合いだと思うと余計に気分が重い。

お見合いの場である高級料亭に入ると部屋に案内された。ここの料亭は、祖父の代からお世話になっている老舗料亭だ。落ち着いた雰囲気には高級感が溢れており、料理も絶品。

腕利きの庭師に手入れされた庭園には、大きな池があった。

部屋の中に入るとすでに五十嵐さん達がお見えになっていた。

父親の方は、パーティーや会社で何度かお会いしている。なので顔見知りだが、母親の方は初対面だった。

灰藤色の着物で眼鏡をかけており、髪をアップにしている。

キリッとした表情は、いかにも教育ママ。雰囲気からでも厳しそう。

五十嵐さんの顔立ちは父親似だが、目元は母親に似ていた。

「今日は、素敵な縁談を頂き誠にありがとうございます。大変光栄に思っています」

五十嵐さんが立ち上がり、頭を下げて挨拶をしてきた。

向こうのご両親も同じく立ち上がると頭を下げる。

「いえいえ、こちらこそ。娘の縁談を承諾して下さりありがとう」

父は、上機嫌でそれに応えた。

私も頭を下げると静かに真ん中の席に移動する。両親は、両脇に座った。

真正面には、五十嵐悠斗さんが座っている。

うわぁ……やっぱりカッコいい。

思わずパーティーで抱いた印象と同じ感想を抱くぐらいに、スーツをピシッと着こなした彼は背筋が伸びて姿勢が綺麗だった。ただし無愛想なところは変わらないが。

私は、余計に緊張してしまう。

席についてから最初に口を開いたのは、私の母だった。

「今日は、お日柄も良くて本当に良かったわ。まさにお見合い日和だこと」

「ええ、おっしゃる通りですわ。まさに今日に相応しいかと」

ホホッとお互いに笑い合う母親同士。私達を差し置いて、何とも楽しそうだ……。

そして改めて自己紹介をする事になった。

「改めてご挨拶をさせて頂きます。五十嵐悠斗です」

「私は、く、久保田結菜と申します」

緊張で少し噛みそうになる。ちらりと彼を見るが、クールで涼しい顔をしていた。

緊張しているようにも見えないし、照れている様子もないように見える。

感情を顔に出さない人？　それとも、すでに割り切っているのかしら？

彼の表情では、何を考えているのか読み取れない。

「結菜お嬢様の趣味は、何ですの？」

「えっ？　あ、料理やお菓子作りが好きです。時間の空いた時に作ったりしています。この前は、パウンドケーキを作りました」

「まぁ、なんて素敵な趣味だこと。悠斗もそう思わない？」

「……そうですね。素敵な趣味だと思います」

彼の母親が色々と話を振ってくれるが、必要な事以外あまり話さない。

いや……話そうとしない。何とか話を繋げないと。

「あの……悠斗さんのご趣味は？」

「私は、読書ですね。ミステリーなどを読んだりします」

「そ、そうなんですか……」

無難な話を繋げようとしたが、一言二言で終わってしまった。

話が続かない。私も自分から話を展開するのは上手い方ではないけれど……。

やっぱり望んでいないお見合い話だったから気に入らないのかしら？

パーティーの時と同じで堅く取っ付きにくい。下手に話しかけにくいと思った。

どうしたものかと悩んでいたら母がにこやかに私達を見て「せっかく若い二人なのだから、いろんな話をしていらっしゃい」と強引に言われる。

えっ？　そう言われても何を話せばいいのよ？

「なら、庭園にでも行ってみますか？」

「そ、そうですね」

戸惑っていると悠斗さんから庭園に行かないかと誘われる。私は、咄嗟に承諾した。

仕方がなく料亭の庭園を歩く事に。外に出ると悠斗さんが先頭を歩く。

私は、その後ろを歩いた。着物だし、じゃりじゃりしているので歩きにくい。

「足元。歩きにくいので気をつけて下さい」

「は、はい。ありがとうございます」

気遣いはしてくれるが、彼はあまり話そうとせず、無言が続いている。

池のそばをゆっくりと歩く。大きな鯉が何匹か泳いでいた。

しーんとした空気に耐えられず、その様子をぼーっと眺めていると、チラッと悠斗さんがこちらを見てくる。

さりげなく歩くスピードを合わせてくれていた。そんな彼が口を開く。

「結菜お嬢様……ちょっとお尋ねしたい事があるのですが、よろしいでしょうか？」

「お、お嬢様は、つけなくても大丈夫ですよ。ど、どうぞ……」

急に名前を呼ばれたので、心臓がドキッと高鳴る。

お嬢様は他人行儀みたいであまり好きではなかったため、避けてもらった。

……何かしら？

「あの……では結菜さんと呼ばせて頂きます。動物とか好きですか？」

えっ……動物？　思いもよらない質問が来て驚いてしまった。

「は、はい。猫と犬が特に好きで猫を飼っています」

どういう意図なのか分からなかったが、そう答えた。

昔から動物が好きで、現在スコティッシュフォールドのマロンを飼っている。

丸い目と垂れた耳が特徴的。メスで、とても人懐っこく可愛らしい。

それに、マロンはとても大人しく賢い。なので飼いやすかった。

私の返事を聞いて、それまで何の感情も映していなかった悠斗さんの表情が変わった。

「それなら良かった。実は、私も猫が好きでして、半年前に双子の子猫の女の子を飼い始めました」

「まぁ、双子の子猫!?　それは、可愛らしいでしょうね」

「はい。双子なのに性格が違っていて……ずっと見ていても飽きません」

猫の話題になった途端、表情や声音が明るくなった。どうやら彼は猫好きらしい。

共通の話題が見つかり、私も嬉しくなってきた。

好きなものが同じだと思うと、親近感が湧いてくるというものだ。

「どんな猫なんですか？　見てみたいわ」

すると悠斗さんは、ズボンのポケットからスマホを出す。

そしてパパッと慣れた手付きで操作すると私に差し出してきた。

「これが……その子猫達です」

どうやら写真で見せてくれるらしい。

私はそのスマホを手に取り覗いてみた。すると……。なんて可愛らしいの！

写真を見ると、よく似ているが毛色がそれぞれ違うマンチカンの子猫が映っていた。

クリームとホワイトが混ざった毛色に赤く大きなリボンをつけた子と、ブラウン系の毛色に薄いピンクのリボンをつけている子だった。

子猫同士が寄り添い合って眠っているもの。遊んでいるところ、ドアップになった顔など、たくさんの写真がある。

どの写真も、角度や表情もバッチリで、確かに可愛らしい。

マンチカンは、太いしっぽと手足が短いのが特徴。稀に手足が長い子もいるが……

歩き方が特に可愛らしく人気が高い。

「この写真。送って下さい」

あまりの可愛さにメロメロになった。ずっと見ていたい。

だから思わず写真を送ってほしいとお願いをしてしまう。

思い切った事を言ってしまい、自分でも気づいたら恥ずかしくなってきた。

やだ……私ったら……。

すると悠斗さんは、少し驚いた顔をしたあと、すぐにふわっと柔らかくて優しい表情になる。笑みを浮かべて「いいですよ」と言ってくれた。

わ、笑った……!? さっきまでのクールで無愛想な雰囲気はない。

「あ、ありがとうございます。なら……私のスマホで。あ、メッセージアプリでもいいですか？」

「はい、もちろんです」

私達は、その流れでメッセージアプリのＩＤを交換し、写真を送ってもらう。

可愛い……。画面に映った写真に笑顔が浮かんでしまう。

するとスマホを見ていた悠斗さんが私に顔を向け、問いかけてきた。

「このアイコンの猫……飼い猫ですか？」

「は、はい。スコティッシュフォールドのマロンと言います。メスで、今三歳の猫です」

「可愛いですね。ウチの子と仲良くして頂けるといいのですが」

そう呟く彼は、優しく、はにかむように微笑んでいた。

その表情に私の心臓は、ドキッと高鳴ってしまう。

なんて優しそうに笑うのだろうか。

「もっとクールで堅い方だと思っていました」

そう言うと悠斗さんは、頬を赤らめていた。

恥ずかしそうに目線を逸らしながら……。

事実会ってすぐは、そんなイメージだった。クールで近寄りがたい感じ。話しかけにくかったほどだ。

「やはり変ですよね？　イメージと違っていて……」

しゅんと肩を落として、遠慮気味にそう言ってくる。変だなんて……そんな。

「いいえ。むしろ親近感が湧いてきました」

私は、それを見て思わずハッキリと力説してしまった。

彼にとったらイメージと違うのは、恥ずかしい事らしい。だが私には、そのギャップが可愛いと思った。親近感が湧いたのは、本当の事だ。

何だろうか？　距離が一気に縮み和んだように感じた。

彼はそれを聞いて、はにかむように微笑んでくれた。私もその表情を見て同じように微笑む。

そのお陰で、散歩の残りの道のりも和やかな雰囲気で過ごす事が出来た。

お互いの猫の話をしていたら、あっという間に時間が過ぎていく。

そして、無事にお見合いが終わった。

もう少し話をしていたかったと思うのは、変だろうか？

私が考え込んでいると、両親との挨拶を済ませた悠斗さんがこちらに近づいてくる。

「今日は、ありがとうございました。あの……これからも連絡してもいいですか？」

「は、はい。もちろんです」

「……良かった。また写真とかお送りしますね」

悠斗さんは、また連絡したいと言ってくれた。少し照れたように頬を赤く染めて。

私もつられてドキドキした。また、連絡してくれるの？

何故だろう。これからも猫の話が出来ると分かると、嬉しい気持ちがこみ上げてきた。


その後。自宅の自室に居る時に、本当に悠斗さんから連絡が届く。

お見合いのお礼も丁重に書いてあった。予想通り真面目な人だな。

私も無難な内容で返事を打ってみる。

『ご連絡ありがとうございます。こちらこそ、ありがとうございました。猫の話が出来て、とても楽しかったです』

うーん。お見合いに対する返事にしては、微妙かしら?

もう少し気の利いた返事にしたいのだが、上手い文章が浮かんで来ない。

結局悩みに悩んで先程書いた文章のままにする。そのままの方がまだマシだと思ったからだ。

すると、しばらくして返事が届いた。

『お返事ありがとうございます。私も共通の好きなものがあると分かり、嬉しく思いました。また返事を頂けて、こうして話が出来るのは、何かの縁だと思っています』

またもや堅い文章だなぁ……。

そう思いながらしばらく返事を考えていると……またメッセージが届く。

何かしら？　とアプリを開いて見てみると写真が貼られていた。

双子の子猫が、エサを食べているところだ。可愛い……。

するとパッと続けて文章が届いた。

『今、エサをあげていたところです。クリーム系の方は、ミルキー。ブラウン系は、ショコラと言います。まだ六ヶ月なのですが、よく食べてくれます』

と書かれている。

まぁ、ミルキーとショコラだなんて……名前まで可愛い。

外見のクールなイメージと違い、可愛らしい名前をつける方なのね。

『名前まで可愛らしいですね。性格もそれぞれ違うと言っていましたが、どんな感じなんですか？』

送信……。するとすぐに返事が届く。

『そうですね。ミルキーは、人懐っこく、好奇心旺盛ですが、お転婆な子ですね。この前なんか大事な書類を破いてしまい、大慌てしてしまいました。ショコラは、シャイで大人しい性格です。ただ人見知りもするので、慣れない相手だとすぐに逃げ出してしまいます』

そんな事が!? 大事な書類を破くなんて、かなりのお転婆さんなのね。

でも、悠斗さんがそれに慌てる姿なんて想像が出来ないわ。

クールで落ち着いた性格に見えたし。あ、でも……。

照れて頬を赤らめるぐらいだから、ありえるかしら。

私はベッドにダイブすると、うつぶせになりながらメッセージを考える。

『書類を破くなんて、かなりのお転婆さんなんですね。私の飼っているマロンは、大人しい性格です。人懐っこく、甘えん坊なところもありますね』

よし、送信。ついでにマロンの写真も貼った。

ソファーに座って、くつろいでいる時の写真だ。するとすぐに返信が……。

『確かに。大人しく品がありそうですね。何より可愛らしい。猫によって性格も違いますよね。ミルキーも、もう少し落ち着いておしとやかにしてほしいものです。今も食べ終わってすぐに、私の足元をよじ登ろうとしています』

その返事を見て笑ってしまった。あらあら、それはまたお転婆さんね。

よじ登ろうとしているところを想像したら可愛らしいと思った。

それに困った表情をする悠斗さんも見てみたいものだ。

もしかしたら可愛いかもしれないわね。

しかしハッとする。大人の男性に可愛いと思うのは失礼なのかしら？

でも、可愛いものは、可愛いだろうし。

私は、やっぱりその意外なギャップを見てみたいと思った。

『それは、また可愛らしいですね。ミルキーちゃんは甘えん坊さんなんですね』

『そうですね、困った甘えん坊です。自宅で仕事をしていると膝の上やたまにキーボードの上に乗ったりして困っていますね。甘えたいのか、邪魔したいのか分かりませんが。可愛くて仕事になりません』

彼の返事に笑いがこみ上げてくる。

先程まで事務報告みたいな堅い感じだったが、猫の話題になった途端に素直な感想からか、いろんな表情が文章で見えてくる。

私は、返事を打とうと指を動かす。すると相手をしてほしいのか、マロンが私の前を横切り、そのままついているひじの間に座り込んできた。

「マロン。そこに居ると見えないんだけど」

「ニャー」

マロンはこちらを見ると、鳴きながら喉をゴロゴロさせていた。

邪魔されてスマホの画面が見えなくなってしまう。ここにも甘えん坊がいるわ。

「もう……メッ」

そう言いながら、マロンの身体に顔を埋める。モフモフしていて何とも言えない感触。気持ちがいい。

マロンも甘えるように喉を鳴らしたままだった。

私はマロンを抱き締めて、その状態で仰向けになった。そしてスマホを見る。

どちらが彼の素なのかしら？　クールで少し近寄りがたい雰囲気？　それとも猫を可愛がる優しい彼だろうか？

とりあえず共通点が見つかり、安心する。同じ猫好きの仲間だ。

嬉しい。そう素直に思えた。自然と顔がにやけてしまう。

「マロン。今日お見合いした悠斗さんは、猫好きの仲間だったの。マロンを見たら可愛がってくれるかしらね？」

「ニャー」

問いかけた私の心の内を知らずに目を細め、マロンは長いしっぽを振っていた。

「ちゃんと話してみたら、見た目とギャップがあって驚いちゃった。でもいい人そうだったから良かったわ」

人は見た目じゃないと言うが、本当だったみたいだ。どうやら私は、彼に対して変な偏見を持っていたのだと分かり反省する。それと同時に彼に対して興味も持ち始めていた。

その後も悠斗さんとは、やりとりが続いた。

猫の日常の様子や自分自身のこと。たくさん話をした。

だから余計に彼の素を知りたくなるし、もっと話したくなる。

そんな時。悠斗さんから……。

『今日もお疲れ様でした。急ですが、今度の日曜日によろしかったら映画とか一緒にどうですか？』

とお誘いが来た。

映画⁉　まさかの誘いに驚いてしまう。

仕事から帰ってきて着替えをする前に何気なくスマホを見た時だった。

その瞬間、またパッとメッセージが届く。

『あ、父に映画の割引券を頂きまして。見合いの日から一度もお会いしていませんので、どうかな？　と思い、お誘いしてみました。強制ではないので無理なら断って頂いても構いません』

無理だなんて……そんな。

私は、この誘いを断ろうとは考えもしていなかった。

丁度もう一度ゆっくり話をしたいと思っていたところだったからだ。

誘ってもらえて、素直に嬉しい。

『今日もお疲れ様でした。お誘いありがとうございます。日曜日は、予定もないので大丈夫です。久しぶりの映画なので楽しみにしております』

返信ボタンを押すとフフッと笑みが溢れてしまった。

私は嬉しくなり、足元に来ていたマロンを抱き上げた。

「聞いてマロン。悠斗さんから映画に誘われちゃった」

「ニャー？」

意味が分からないのだろう、マロンは首を傾げるような仕草をしてきた。目をきょとんと見開いて、しっぽを振っている。

しかし私は、一緒に喜んでくれていると思い、抱き締めたまま浮かれていた。

これは、デートと言ってもいいのかしら？

どちらにしても、日曜日の前に服を買いに行こう。美容院も予約したい。

思いのほか浮かれているのか、私は自然に笑みを浮かべていた。

そして、待ちに待った日曜日。私は自宅の住所を事前に悠斗さんに伝え、彼の車で迎えに来てもらう事になっていた。

緊張しながら鞄からコンパクトな鏡を取り出し、最終チェックする。

この日のために服を新しく購入した。ブラックのチュニックにピンクベージュ系のプリーツロングスカート。

悩みに悩んだが、大人で落ち着いている感じにしてみた。悠斗さんの横に居てもおかしくない格好にし、メイクも派手すぎないように意識した。

しばらく待っていると悠斗さんの車が到着する。

高級感のある国内車で、色も黒でカッコいい。すると運転席から悠斗さんが出てきた。

白いシャツにブラックのテーラードジャケットを羽織った服装。

同じブラックのパンツのコーディネートがお洒落だった。

スーツも似合っていて素敵だったが、私服も素敵。

「お待たせしてすみませんでした。子猫達の面倒を見てもらっているペットシッターの方を待っていたら遅れてしまいました」

彼は私の方へやってくると、申し訳なさそうに謝罪してきた。

「おはようございます。いえ……そんな、今来たところなので大丈夫です。お誘いありがとうございます」

私は慌てて挨拶とフォローをした。心臓がドキドキと高鳴っている。

自宅が目の前なのに、今来たところっていうのは変な話だが。

せめて今出てきたところと言えば良かったのに……と、自分にツッコミを入れる。

すると悠斗さんは、クスッと笑ってこちらを見てきた。

「それなら良かった。では、行きましょうか」

「は、はい」

今まであまり男性と出かけることはなかったので、緊張しながら返事をする。悠斗さんは、助手席の方に回るとドアを開けて私を中へ促した。

「ありがとうございます」とお礼を言って速やかに車に乗り込む。

悠斗さんも車に乗ると、エンジンをかけて出発した。

横をチラッと見ると運転する姿も様になっている。

まさに大人の男性って感じだ。見惚れるぐらいに。

「どうかしましたか？」

「あ、いえ……何でもありません」

頻繁に視線を送っていたから気づかれてしまった。恥ずかしい。

私は慌てて否定をするが、余計に心臓がドキドキと高鳴っていた。

何を話したらいいか分からないよ……。

向かった先は、家から少し離れた繁華街にあるショッピングモール。

そこにある映画館に行く予定だった。映画なんて、いつぶりだろう？

ショッピングモールに着くと駐車場に車を停める。

日曜日だから人が多いと思い結構早めに出てきたのに、すでに半分ぐらい駐車場が埋まっている。早く出てきて正解だったようだ。

器用にバックして駐車させると、悠斗さんは素早く降りドアを開けてくれた。

私は「ありがとうございます」と彼の気遣いを申し訳なく思いながら車を降りた。

そのままショッピングモールに入って行く。中には、たくさんの人がいた。

映画館は三階だ。エスカレーターに乗り三階に向かう。

目的地に着くと悠斗さんは……。

「チケットを買ってきますので、ここで待っていて下さい」

そう言うとチケット売り場に行ってしまう。

車の中では心臓がドキドキと高鳴っていて、結局ろくに話せなかった。

そうだわ。待っている間に売店でコーヒーでも買おうかしら。あっ……でも待っていてと言われているし。

迷ったが、売店が空いているようだったので買いに向かう事に。

コーヒーを二つ購入して戻ると、悠斗さんもチケットを買って戻ってきた。

「お待たせしました。あっ、コーヒーすみません。本来なら私が買いに行けば良かったのですが。すぐお代を」

彼は私が手に持ったコーヒーを見て慌てて財布を取り出そうとする。

「あ、大丈夫です。車を出してもらったんですから、これぐらいさせて下さい」

これぐらい安いものだ。本当は、ポップコーンも買おうかと悩んだが、夢中で食べる姿を見られるのが恥ずかしくてやめた。

「気遣わせてすみません。上映までまだ早いので、少し座って待っていましょう」

私と悠斗さんは、休憩スペースのソファーに座り待つことに。

映画は、メッセージでの話し合いの結果、今流行りのモノを観ることになった。

海外のサスペンス映画だ。監督や原作が有名らしく人気らしい。

悠斗さんの観たい映画だと聞きそれにした。

しばらくすると上映時間になったので移動する。席に座ってそのまま待っていたら、映画が始まった。

画面に集中しようとするのだが、隣が気になってチラチラと悠斗さんの方を見てしまう。彼は、真剣に映画を観ていた。

自分はというと、ドキドキして上手く集中が出来ず、内容が頭に入って来ない……。

そして上映が終わると、私達は席を立ち映画館から出た。

「どうでしたか？　この映画は……」

「あ、はい。凄く良かったです。か、感動しました」

私は、慌てて返事をするが、何が良かったのか分からなかった。

いや、良かった気はするのよ。ただ何が良かったかと聞かれたら、集中出来ていなかったため何も答えられない。

「どうしましたか？　頬が赤くなったり、青くなったりしていますが。大丈夫ですか？」

「いえ……だ、大丈夫です」

曖昧な返事しか出来なかった。しかも焦って噛んでしまう。

あぁ、どうしよう。頭が真っ白になる。気遣わせてしまった。

「……そろそろお昼ですね。近くのレストランでお昼にしましょう」

「は、はい」

今は丁度お昼時なので、近くのレストランで食事をすることに。

私はカルボナーラのパスタ、悠斗さんはハンバーグセットを頼んだ。

「あの映画の主演のミーラ・スミスは、この映画のために十キロ太ったみたいですよ。だから、あんな凄いシーンが撮れたんですね」

あぁ、悠斗さんを気にし過ぎた緊張で内容を覚えていないから、話が繋げられないわ。

本当ならここでストーリーとか、感動したシーンの話題を繋げるところなのに。

あいづちを打つのが精一杯だった。

最終的には沈黙してしまう。気まずい。な、何かないかしら？　せめて話題になりそうな事が……。

必死にニュースや最近話した事を考える。そ、そうだわ。猫の話。

お互いに共通している事。咄嗟に私は、思いついた事を話題に出した。

「あの……子猫。行く時に寂しがりませんでしたか？　私のところは、甘えん坊なので玄関まで追いかけて来たりします」

これなら話題を繋げられるだろう。すると食べていた悠斗さんの箸が止まった。

そして私の方を見るとクスッと笑ってくれた。

「……私のところも同じですね。特にミルキーは、足元にしがみついて離れなくて。気を付けないと毛だらけです。それに抜け毛も多いので取るために猫用ブラシを使ったりしています」

「それは大変」

私は、つられてクスクスと笑う。良かった……話が繋がりそう。

「最近では、ペットの毛を取る便利なグッズも発売していますよね。私は、専用のブラシを使っています」

「私は、ストレスを考えてグローブ型のブラシにしました。そうしたら、知らない間にじゃれて噛みついてしまい、すでにボロボロで……。そろそろ買い替えようかと思っています」

まぁ……ボロボロに!? それは、また凄いわね。あ、そうだわ。

「それなら、この後にペットショップにでも行きませんか？ あそこなら、種類もありますからいいのがあるかも」

この後は、予定もないし、話題作りにはなる。グッズや可愛い猫達を見たらきっと楽しいはずよ！

「ペットショップですか……そうですね。この後の予定も夕食以外は、具体的に決めていませんし、いいですね」

「はい。私も新製品が見たいので、ぜひ」

良かった……承諾してくれたわ。

やはり共通の話題があった方が話も進みやすいわね。

私達は、昼食をとった後、そのままペットショップに向かった。

第二章・自宅訪問。

ペットショップには、すでに家族連れの客が多く混んでいた。

ここには、何度か足を運んでいる。子犬や子猫の種類が多い、可愛らしい癒しの空間。

店員さんに言えば、猫などを直接触らせてくれる。

可愛い。見ているだけでも癒される。

品揃えが豊富で珍しいグッズやエサなども充実しているため、このお店を重宝していた。

早速店内を見回した悠斗さんは、ペット用ブラシのコーナーの方に目を向けた。

まずは、悠斗さんが欲しがっていたブラシを買わないと。

私は彼を目的の売り場へと促した。

ブラシは、ペットの毛玉を取るだけではなく毛並みを整えたりするのに使う。

それに血行を良くさせたり病気などを見つけたりと、大きな役割もあったりする。

ただブラッシングを嫌がる子も居るので、短時間でスキンシップをしながら慣れさせないといけない。

ウチのマロンは、ブラッシングが好きな子なので心配はないが……。

「ミルキーちゃん達は、ブラッシングとか平気なんですか？」

「そうですね。ミルキーは喜びますが、ショコラがあまり。慣れてない時に、無理にやったから余計に嫌がっちゃって。今は懐いてくれたので、なるべくグローブ型のブラシで、優しくマッサージしながら手短にやっています」

「まぁ、そうだったんですか。なら、やっぱりグローブ型がいいかもしれませんね」

グローブ型なら手のひらで撫でるようにブラッシング出来るので、嫌いな子なら、そちらの方が向いているだろう。

悠斗さんは私の言葉に頷くと、新しいグローブ型のものを手に取る。私もそれにしようかしら？

マッサージしながらやってあげるとマロンも喜びそう。

マロンの気持ち良さそうにしているところを想像してしまう。

クスッと微笑んでいると悠斗さんがこちらを見てくる。そして……。

「すみません。退屈な思いをさせて」

と謝ってきた。

「えっ……？」

急に悠斗さんが謝ってきたので驚いてしまった。

呆気にとられていると、彼は少し頬を赤く染めながら、申し訳なさそうに眉を下げた。

「気の利いた話題やエスコートが出来ないから退屈しているのかなと。学生の頃から弁護士を目指して勉強ばかりしていたので、女性と付き合った経験がなく、恋愛に対して不慣れで。本当なら自分からペットショップに誘うなりして話題を出せていたら良かったのですが。映画の時も自分ばかり楽しんでいて。結菜さんが集中出来てないのは、きっと退屈なんだろうと思ったら申し訳なくて。すみません」

えぇっ!? どうやら映画に集中していないのを、自分のせいだと思ったらしい。

いえいえ。ただ自分が、余計に意識をしてしまって集中が出来なかっただけです。

悠斗さんが映画の時、私の事を気にかけてくれていた事は嬉しいが、変な誤解をさせてしまった。そちらの方が申し訳ないわ。

「いえいえ、そんな。とても楽しいですよ。私こそ、すみません。集中力がなくて」

「あ、いや……そんな。こちらこそすみません。結菜さんの好きな映画にすれば良かったなぁって」

「そんな。十分な話題作でした。集中が出来ずに余計な事ばかり考えている私が、悪いだけで」

「いや……こちらこそ」

私の謝罪を皮切りに、お互いに謝り出す。その姿は、可笑しな譲り合いだろう。

目が合うと思わずお互いに吹き出し笑ってしまった。変なの……。

しかし、クールで少し堅い感じに見えるのは女性との付き合いに慣れていないだけで、本当は誠実で優しい人なのだろう。

現にこうやって私を気にかけてくれた。

ペットの子猫を凄く可愛がっている人柄が、手に取るように分かる。

それが、彼が優しい人だと証明している。

「お互いに謝り、譲り合うなんて……何だか可笑しいですね」

「フフッ……そうですね。でも何だか肩の力が抜けたように感じます」

そう言いながら笑う悠斗さん。すると、彼のスマホの着信音が突然鳴る。

「あ、失礼。誰だろう?」

悠斗さんが、すぐにスマホを出してチェックをする。

どうやらメッセージだったらしい。パパッと素早く返事を打ちながら口を開いた。

「すみません。ペットシッターの方でした。どうやらエサが、残り少なくなっていたようで、その知らせでした。丁度いい。ここで買って行きましょう」

メッセージの相手は、ペットシッターさんだったようだ。

急用とかではなくて良かったと安心する。

「そうだったんですね。ミルキーちゃん達、今頃寂しがっていないかしら？」

「どうですかね？　ちょっと覗いてみましょう」

悠斗さんは、そう言うとスマホを操作して私にも見せてくれた。

画面には、リビングの映像が映し出されている。あ、ネットワークカメラね！

ネットワークカメラとは、撮影した映像をパソコンやスマホなどからリアルタイムで観られるカメラの事だ。

「我が家も設置してあります。ペットの様子を観られるので助かりますよね」

映し出された映像にはミルキーちゃんとショコラちゃんが居た。

ショコラちゃんは大人しく座っていたが、ミルキーちゃんは元気に走り回ってボールにじゃれて遊んでいた。

「可愛い～」

と思わず言葉に出てしまう。

あぁ、近くで可愛いこの子達に触れてみたい。会いたいと思ってしまった。

チラッと見ると、悠斗さんは優しい眼差しで子猫達を見つめていた。

本当に猫が好きなんだなぁ……と思うと同時に、もっと近づきたいという感情が胸に渦巻く。

どうしたら、もっと親しくなれるのだろうか？

まだお互いに慣れておらず、距離を上手く摑みきれていないからか、ぎこちない。

もっときっかけが欲しい。そばに居られるきっかけが……。

「私も会ってみたいです。ミルキーちゃん達に」

そう思った瞬間、自然とその言葉が出てしまった。

えっ？　と自分でも思ったが、もう遅い。すでに口からこぼれた後だった。

「えっ？」

突然の発言に悠斗さんは、私の心の声と同じ音を発して目を見開いた。恥ずかしい。

でも、自分で言った以上後には引けない。うぅ……こうなったら素直に伝えるしかない。

「わ、私もミルキーちゃん達に会ってみたいです。よろしかったら会わせて頂けないでしょうか？」

い、言えた……。大胆にも悠斗さんの自宅に行きたいと言ってしまった。

こんな大胆発言をするなんて、普段の自分ならありえないだろう。

でも少しでも近づきたいと思ったら言葉として出ていた。

「そ、それでしたら、この後の夕食は中止して、私の自宅に寄ってみましょうか？」

「は、はい。よろしくお願いします」

突然のことで断られるかと心配したが、悠斗さんは承諾してくれた。良かった。

そして、車に乗ってしばらくすると、彼の自宅へと着く。悠斗さんが住んでいたのは、八階建てのファミリー向けの賃貸マンションだった。

ここが、悠斗さんの住んでいるマンションなのね。白い壁の外観は、よくある普通のマンションだ。

男性の自宅に行くのは初めてなのでドキドキしてきた。

「こちらです。どうぞ」

「は、はい。ありがとうございます」

駐車場に車を停めると、彼は車のドアを開けて案内してくれた。マンションは、オートロックらしい。

カードを差し込み、ドアを開けると中に通してくれた。

エレベーターに乗り込み七階まで行く。そして降りると七〇五号室の前で立ち止まった。

「ここが私の部屋です。狭いところで申し訳ないですが大丈夫ですか?」

「は、はい。大丈夫です。気にしませんので」

「それならいいのですが。ペットシッターの方には、帰って頂きました。三人は、さすがに狭くなると思いまして」

「そ、そうなのですか」

そうなると私と悠斗さん、そして子猫達だけなのね。

入る前なのに余計に緊張してきた。悠斗さんは、部屋の鍵穴に鍵を差し込んだ。

「ただいま」

彼がそう言いながら半分ぐらいドアを開くと、細い廊下から子猫達が走り寄ってきた。

トコトコと短い足を使い、一生懸命小走りしている姿が、とても可愛らしい。

先頭に立っているのは、クリームとホワイトが混ざった毛色に赤く大きなリボンをつけたミルキーちゃんだった。

その後ろにブラウン系の毛色に薄いピンクのリボンをつけたショコラちゃん。

しかし私と目が合うや否や、ショコラちゃんだけUターンして部屋の方に走り去った。

逃げられちゃった……!?

どうやらシャイで人見知りの性格は、本当のようだった。

私が狼狽えていると、ミルキーちゃんは構わずに近寄ってきた。

「ニャー」

と言いながら悠斗さんの足元にすり寄る。

悠斗さんは、ため息を吐きながらミルキーちゃんを抱っこした。

「結菜さんすみません。ショコラが……シャイのあまり失礼な態度を」

「あ、いえいえ。私が急に押しかけたから……すみません。驚かせちゃったみたいですね」

「私が飼い始めた時もなかなか慣れなくて苦労しました。ミルキーは人懐っこいのですが……」

悠斗さんは、そう言いながらミルキーちゃんの身体を優しく撫でる。

すると嬉しそうに目を細めて喉をゴロゴロと鳴らしていた。

写真で見たときも可愛いと思っていたが、生で見た方がもっと可愛らしい。

「あの……私も撫でさせて頂いてもいいでしょうか？」

「あ、はい。どうぞ」

「では……失礼します。うわぁ～可愛い」

恐る恐るミルキーちゃんの頭を撫でてみた。

すると大人しく撫でさせてくれた。柔らかい毛並み。

クリームとホワイトの混ざった毛並みは、きちんとお手入れされていて柔らかく綺麗だった。

ミルキーちゃんはなでなでする私の手にすり寄って、ゴロゴロと喉を鳴らす。

本当に人懐っこいわね。

他人に撫でられると嫌がる猫は多い。

猫は、警戒心が強いからだ。でも稀に怖がらない猫も居たりする。

ミルキーちゃんは、怖がらない性格の方らしい。

「あ、玄関の前ですみません。どうぞ……中に。スリッパも……本当に狭くて申し訳ないのですが」

「お邪魔します」

すっかり気にしていなかったけれど、私達は玄関先で話し込んでいた。

私は、突然押しかけて申し訳ない気持ちで悠斗さんに差し出されたスリッパに履き替えると、中に入って行く。

「真っ直ぐ行った突き当たりは、私の寝室です。リビングは、寝室からでも行けますが……こちらです」

彼は、案内しながら突き当たりの右側にあるドアを開けた。

中に入ると十畳ぐらいの縦長のリビングになっていた。

モノトーンで統一されたリビングは綺麗で落ち着きがあり、大人の雰囲気を醸し出していた。

うん？

よく見ると二段になった猫専用のケージが二つ設置されている。

キャットタワーも窓際に置いてあった。

「ソファーに座っていて下さい。お茶を淹れますから」

「あ、お構いなく」

私は、遠慮しながらもケージに目を向ける。左のケージの中に入っている毛布が、ゴソゴソと動いていた。

近づいて見てみるとショコラちゃんだった。毛布の中から覗くまん丸な瞳と目が合う。

左の方がショコラちゃんのケージなのね。

一階はトイレで二階が寝床になっている。

マロンは私のベッドで寝るので、ケージはほとんど使わなかったが、同じのを持っている。

「ショコラちゃん、はじめまして。私は、久保田結菜って言うの。よろしくね」

怖がらせないよう笑顔で挨拶をしてみる。

しかし毛布の奥にさらに潜ってしまい、顔を見せなくなった。

あぁ、潜っちゃったわ!?

怖がらせるつもりはなかったのだけれど……。

私は、近くにあった猫じゃらしを手に取った。これなら……。

「ほらほらショコラちゃん。猫じゃらしがあるわよ! 良かったら一緒に遊ばない?」

ショコラちゃんの前で、ブラブラと振ってみる。

毛布の中からキラリと光る双眸が見え、目を開けているのが分かった。

しかし、こちらを見ているだけで顔も出さなければ、毛布から出てくる気配もない。

しばらくすると、また引っ込んでしまった。

「ショコラちゃん出ておいで~怖くないから」

私は何度も呼んでみるが、無視される。警戒心が強いようだ。

仕方がないか……。私は、残念な気持ちでため息を吐いた。

「すみません。ショコラが……」

そんな時、悠斗さんがコーヒーを淹れて持ってきてくれた。

「いえ、私こそ。ショコラちゃんにちょっかいをかけてしまって……」

「あぁ、大丈夫ですよ。どうぞ、こちらに。コーヒーでよろしかったですか?」

「は、はい。ありがとうございます」

私は、慌ててお礼を言うとソファーの方に向かった。

とりあえずショコラちゃんは諦めてお茶にしよう。

せっかく悠斗さんが淹れてくれたのだから……。

私がうなだれながら座ると、悠斗さんはテーブルにコーヒーカップとスティックの砂糖、そしてコーヒーフレッシュを置いてくれた。

私は、砂糖を入れずにコーヒーフレッシュを入れた。

「あ、そうだ。頂いたお菓子も確かあったはず。ちょっと待っていて下さい。取ってきますので」

「あ、いいえ。お気遣いなく……」

悠斗さんは、私を気遣いお菓子を取りに行ってしまう。

本当に……気を遣わなくてもいいのに。私は、その姿を見ていた。

本来なら私が何か持ってこないといけないぐらいだ。

ちょっと申し訳ない気持ちになりながら待っていると、悠斗さんはキッチンから茶菓子のカステラを持って戻ってくる。

途中でケージの側を通るのだが、ショコラちゃんに「ショコラ、隠れてないで出ておいで。君らにもおやつをあげるから」と優しい口調で話しかける。するとショコラちゃんは、可愛らしく鳴き声を上げながら、ヒョコッと顔を出してきた。

悠斗さんは、そんなショコラちゃんに優しく微笑みかけていた。

その優しそうな微笑みに私は、ドキッと心臓が高鳴りだす。

いつもあんな風に子猫達と接しているのかしら？

何だかちょっと子猫達が羨ましいと思ってしまう自分が居る。

何故かしら？　そんな風に思うのは……？

不思議に思っていると、悠斗さんと一緒にミルキーちゃんがこちらに来てくれた。

さっきから悠斗さんの後ろをついて回っている。

「お待たせしました。仕事で頂いたカステラですが、美味しいと有名なお店らしいです」

「ありがとうございます」

私が悠斗さんにお礼を言うと、ミルキーちゃんはピョンッとソファーの上に飛び上がる。

そして前足を舌で舐めていた。

「ミルキーちゃんも来てくれたの？」

私がそう言うと「ニャア～」と鳴いた。フフッ……返事してくれたわ。

可愛いと思っていると悠斗さんは、ケージの方を見た。

「ショコラもこっちにおいで」

悠斗さんは、またショコラちゃんに呼びかける。

しかし、やはり出てくる様子はなかった……。

私が居る間は、出てこないだろう。急に仲良くなるのは無理な話だし、もう少し仲良くなる時間が欲しいところだ。それに……。

チラッと悠斗さんを見る。彼は、困ったような表情でため息を吐いた。

それに、このまま終わるには勿体ない気がした。

「あ、あの……これからもショコラちゃん達に会いに来てもいいでしょうか？」

普段の自分なら男性の家にまた来たいだなんて言わないだろう。

だが、それぐらいしないとショコラちゃんとは、仲良くなれない気がする。

それに……もっと悠斗さんの事を知りたいとも思う。

「えっ？　私の家にですか？」

「あ、ご迷惑ではなかったらです。その……せっかくだし。もっとミルキーちゃんだけではなくて、ショコラちゃんとも仲良くなれたらいいなぁと思いまして。もちろん無理にとは言いませんが……良かったら」

恥ずかしくて、そう説明をしながらモジモジとしてしまう。

あくまでも、仲良くなるきっかけにしたかったのだが、迷惑だと思われたらショックだ。

すると悠斗さんは、クスッと微笑んでくれた。

「もちろんです。こんな狭い部屋で良かったら……いつでも」

「せ、狭いなんてそんな。凄く素敵な部屋です……し」

あら。素敵と言ったのは、部屋なのだけれど……何だか照れてしまう。

私も悠斗さんもお互いに意識をしてしまい頰を赤くする。

「あ、そうだ。でしたら……」

するとは悠斗さんは、バタバタと部屋から出て行ってしまった。

何かを取りに行ったのかしら?

寝室の方に行ったようだけれど、しばらくして戻ってきた。

「あの……これ良かったら、今後の参考にして下さい」

えっ? 参考とは?

悠斗さんが私に差し出してきたのは、ノートとファイルだった。

「あの……これは?」

「ここに子猫達の情報がすべて書いてあります。癖から性格。好きな食べ物から嫌いな食べ物など。他にも飼う時に猫の育成方法などをネットで調べてピックアップしてファイルにしてまとめてあります。猫を飼っている結菜さんには、必要ないかもしれませんが、何かの参考になるかもしれませんので……良かったらどうぞ」

「ありがとうございます。参考にします」

私は、そのノートとファイルを受け取った。彼のそういう優しい気遣いに嬉しくなる。

すると悠斗さんは、腕時計を見る。

「この時間か……これからどうしますか？　外に食べに行ってもいいですが、何か私が作りましょうか？」

「あ、それでしたら私が」

私が作りますと言おうとしたが、ハッとする。

気になってチラッとショコラちゃんが居るケージを見た。

手料理ぐらいなら私が作ろうと思うが、今の状態で長居するのもなぁ……。

急に押しかけたから何も準備していない。それに慣れてない私が長居すると、ショコラちゃんのストレスになるかも。

そう考えると安易に私がやりますとも言えない。

「あの……突然来て長居するのも失礼なので、これで失礼します。ショコラちゃんのストレスになると思いますし」

「えっ？　そうですか？」

「すみません。またお邪魔させて頂きます」

本当は、もっとお邪魔したかったなぁ……。

しかし、ショコラちゃんの事を考えるとそういう訳にはいかない。

私は、パンプスを履いて帰る身支度をする。

悠斗さんが、自宅まで送ってくれると言ってくれたが、運転手が迎えに来るので平気と断った。さすがに申し訳ないし。

「そうですか。ならお気をつけて。あの……また予定を合わせます。いつでも遊びに来て下さいね」

「はい。ぜひ遊びに伺います」

私は、にこやかにそう答える。ぜひまた来たいと思った。

そしてマンションを出ると専属運転手の田中《たなか》さんに迎えに来てもらった。

「あぁ、緊張しちゃった！」

後部座席に座り、車を走らせてもらいながらそう呟く。

行くまでは、凄く緊張して心臓がバクバクだったが、とても楽しかった。

十分に楽しめたか？　と聞かれると微妙なところ。それに反省するところもある。

もう少しスムーズに話が出来たら良かったのに、とか。

映画を観るのに集中出来ていれば良かったと課題が残る始末。

しかし悠斗さんの自宅に行けたのは、大きかった。

私の想像とは違い、彼の住まいはファミリー向けの普通のマンションだった。

部屋は狭いと言っていたが、一人暮らしなら十分な広さだろう。

綺麗に片付けているところは、悠斗さんの几帳面で真面目な性格が出ていた。

それに、何より子猫達だ。可愛い。あ、そうだわ。ショコラちゃんのデータ。

私は、悠斗さんから借りたノートとファイルを出して見る。

確かに二匹の生年月日から身長、体重、それぞれの性格に好き嫌いの事まで細かくびっしりと書かれてあった。

えっと……ミルキーちゃんは、甘えん坊で好奇心旺盛。

ただ何にでも興味を持つので、注意が必要。あとどんなものにも噛みつくので、飲み込んだらまずい物は、片付けておくこと。

ショコラちゃんは、とにかくシャイで人見知り。

慣れてない来客が出入りする時は、窓やドアなどは、必ず閉めておくこと。驚いて飛び出す恐れがあるので注意が必要。

「なるほど……分かりやすいわね」

問題点から改善点まで詳しく書いてあるので分かりやすい。

これなら参考になるわね。さすがだわ。

悠斗さんが、これを私に渡してくれたお陰で次に備えられそうだ。

よし。これを読んでもう一度会いに行こう。

次は、前より仲良くなれたらいいのだけど。それに悠斗さんとも……。

何だか読んでいる内に次に会うのが楽しみになってきた。

早く会う約束をしたい……と胸を躍らせる。


そして次に悠斗さんの自宅に訪れたのは、二週間後の日曜日。

お互いに都合が良くて空いている夕方にした。

その間にもメッセージのやりとりをしており、ショコラちゃんの苦手な事や触られたくない身体の部分はあるのかを聞いておいた。

せっかく訪れるならと、夕食は、私が作るとも伝えてある。

悠斗さんは、申し訳ないと言いながらも喜んでくれていた。

なので何を作ろうか悩みに悩み、煮込みハンバーグに。

必要な食材を買って、悠斗さんが運転する車を待っていた。

今日の服装は、ストライプシャツワンピースにした。可愛らしく、派手過ぎないデザインなのでお気に入りだ。

数分後、彼の車が自宅前まで来てくれた。

「お待たせしてすみませんでした」

「いえいえ。今日も迎えに来て下さりありがとうございます」

「どうぞ、こちらに」

悠斗さんは、この前のようにドアを開けてくれる。ニコッと笑顔で。

私は、照れながらお礼を言うと助手席に座った。

悠斗さんもすぐに運転席に座るとシートベルトをつけて運転を始める。

「あの……今日は、夕食に煮込みハンバーグを作ろうと思って。材料も用意してきました。お口に合うか分かりませんが、楽しみにしていて下さい」

「煮込みハンバーグですか？　それは、楽しみだなぁ。私は、ハンバーグが好きなので」

「そうなんですか？　それなら良かったわ」

そういえば、こないだランチを食べたときもハンバーグセットにしていたわね。意外な好みに可愛いと思ってしまった。

見た目の雰囲気からハンバーグより、肉じゃがとかお酒に合いそうな物が好きそうだと勝手に思ってしまっていた。

和食系をよく口にする、お酒に強そうな人、なんて。

クールな日本人男性のイメージが強いせいだろうか？

まぁ、ハンバーグも和風の物があるが、やはり洋食だし……。

覚えておこう。他に何が好きなのかしら？

「他に好きな物とかありますか？　苦手な物とかも」

「そうですね。しょうが焼きも好きですが、オムライスとかも好きです。嫌いな物は、梅干しがちょっと……」

「フフッ……分かりました。次は、オムライスとかにしますね」

オムライスが好きだなんて、可愛らしいわね。しかも梅干しが苦手だなんて。

ここにも悠斗さんの意外なギャップが。子供っぽい食の趣味に、親近感が湧いてくる。

しばらくすると悠斗さんが住んでいるマンションが見えてきた。

第三章・甘いひととき。

悠斗さんは、駐車場に入るとバックで車を停車させる。

そして素早く降りるとこちらに回りドアを開けてくれた。

私は車から出ると、そのままマンションの中に入って行く。

エレベーターに乗り、七階で降りて部屋の前まで向かった。

そして悠斗さんが半分ドアを開けると、以前のようにミルキーちゃん達が、こちらに来てくれる。

しかし相変わらずショコラちゃんは、私と目が合うなりUターンして慌てて逃げてしまった。私は、ため息を吐く。

まぁ、まだ二回目だし仕方がないわよね。想定内なので気にしないようにする。

「お邪魔します」

私は、靴を脱いで揃えるとリビングの方に向かった。

やはりきちんと整理整頓されていて、落ち着いた雰囲気だった。

ケージを見るとショコラちゃんが、毛布の中でモゾモゾと動いていた。

あ、居る、居る。丸い目が見えている。しかし人見知りをしている時に、下手に話しかけても怖がるだけだ。まずは、私が居る空間に慣れてもらわないと。

私は、悠斗さんが貸してくれたノートを参考にする。

こちらが意識すると、警戒して出てこないみたい。なので、あえて警戒させないためにも、こちらから目を向けないようにした。

少しずつ慣れてもらうためにも……。

「じゃあ私は、夕食の下ごしらえをしますね。キッチンをお借りします」

「あ、私も手伝います。それより、まずお茶でもいかがですか？」

「フフッ……大丈夫ですよ。早めに済ませたいので悠斗さんこそ、ゆっくりしていて下さい」

「そうですか……すみません」

悠斗さんは、申し訳なさそうにする。そんな時、スマホの着信音が部屋に鳴り響き、彼が電話に出た。

お仕事かしら？　私は、そう思いながらもキッチンに行き、食材を置く。

そして手を念入りに洗うと、食材を出して準備を始めた。まずは、ハンバーグだ。

私は、玉ねぎの皮を剝くと半分に切ってみじん切りにする。

トントンと手早く切っていくが目に染みてきた。

うん？

足元に違和感が。下を見てみるとミルキーちゃんがつぶらな瞳で私を見上げていた。

スリスリと私の足元に身体を擦り付けてきた。

これは、構っての合図だろう。マロンもよくやってくる。

「ミルキーちゃん。今、ご飯作っているから、ちょっと待っていてね」

「ニャーニャー」

私は、優しく呼びかけるのだが、ミルキーちゃんは、お構い無し。

待ちきれないのか途中でワンピースのスカートの部分にしがみついてきた。

「ちょっと待って。ミルキーちゃん、破れるから」

子猫でも爪は鋭い。力を入れられたら怪我をしたり、引っかかって破れてしまうこともある。

私は、慌ててミルキーちゃんを抱き上げて下に降ろした。

でもまた、しがみつこうとしてくる。

本当に愛嬌があり、好奇心旺盛。まだ会って二回目の私にもまったく遠慮しない。

「お待たせしました。あ、こらミルキー。結菜さんの邪魔をしたらダメだろ!?」

電話を済ませて戻ってきた悠斗さんが、ミルキーちゃんを見て慌てていた。

急いで引き剝がしてくれる。するとミルキーちゃんは、手足をバタバタさせて彼の手から離れようともがく。

まだ遊び足りないのだろう、不満そうに聞こえる声で鳴いている。

「ほら、ミルキー。お前はこっちで遊んでなさい」

邪魔にならないように私から引き離し、ミルキーちゃんをソファーのところに連れて行くと、悠斗さんは小さなボールを転がして遊んであげていた。

ミルキーちゃんは夢中で転がるボールを追いかける。

可愛らしい光景ね。私は、クスクスと笑う。

するとショコラちゃんは、羨ましくなったのか毛布から顔を出した。

ジッと悠斗さんとミルキーちゃんを見ている。

だが、次の瞬間にはこちらを振り返ってきた。私は、咄嗟に下を向く。

危ない、危ない。目線を合わせないように……。

警戒されないようにみじん切りの続きをする。

迷っている様子。私が見ていないと分かると、ショコラちゃんは恐る恐るケージから出てきた。

やった……出てきたわ！　私は嬉しくて思わず悠斗さんに顔を向ける。

悠斗さんも気づいたのかニコッと微笑んでくれた。

私は、その優しい微笑みに心臓がドキドキと高鳴ってしまう。

何だか恥ずかしくも凄く嬉しいと思った。

ショコラちゃんはゆっくりと悠斗さんのところに向かって行き、抱っこをしてもらっていた。可愛い……。

その姿にキュンキュンした。ほのぼのする穏やかな光景。

しばらく悠斗さんは、子猫と遊んであげていた。愛情がこもったその表情に思わず見惚れてしまう。

私は、しばらくそれを眺めた後、夕食の支度を再開した。

すると、ひとしきり遊んだ悠斗さんがこちらに来てくれる。

「すみません。夕食任せきりにして……」

「いえいえ。見ていて和ませて頂きました。そのお陰で夕食の支度が捗りましたから大丈夫ですよ」

私は、にこりと微笑みそう伝えた。作りながら見惚れていたなんて言えない。恥ずかしいと思いながらハンバーグを焼く。

ショコラちゃんは、またケージに入ってしまったようだ。

ミルキーちゃんは、キャットタワーに登って遊んでいる。

「しばらくは、大人しくしているでしょうから、私も手伝います」

「あ、じゃあ、サラダの盛り付けをお願い出来ますか?」

「サラダの盛り付けですね? 分かりました」

悠斗さんは、そう返事をすると手を洗い、サラダの盛り付けを手伝ってくれる。

隣に来て手伝ってくれる悠斗さんを見ると何だか不思議な気分。

嫌ではない。むしろ、新鮮で嬉しいと思えたからなおさら不思議だった。

心臓をドキドキさせながらハンバーグを焼いていると美味しそうな匂いがリビングの中まで広がっていく。

よし、丁度いい色になってきたわね。これで良し。

次は、ソース作り。ハンバーグを煮込み用の鍋に移す。

そしてフライパンにバターを入れて中火にかけて溶かした。

バターが溶けたらたまねぎを入れて、こがね色になるまで炒める。

こがね色になってきたら、ケチャップを加え煮詰めていく。

そして赤ワインと塩を入れてそのまま数分。

途中で、ハンバーグの入った鍋にソースを移し替えて、さらに煮込む。

アクを取りながら味の調整をするが、美味しく出来た。

皿に綺麗に盛り付ける。付け加えにコーンとブロッコリーなどを並べ横を見ると、悠斗さんも盛り付けが終わったようだ。

他にもコーンクリームポタージュとライスも用意する。

「これは、美味しそうですね」

「お口に合えばいいのですが」

煮込みハンバーグは、料理教室の講師に教えてもらったものだし、何度も自宅で作った事があるから大丈夫なはずだ。

ダイニングテーブルに出来上がった料理を置くと、悠斗さんは先に子猫達にエサをあげていた。

ミルキーちゃんは真っ先にそちらへ駆けつけ、一生懸命に食べている。

ショコラちゃんは毛布の中でエサをジッと見ていた。その内に食べるだろう。

「さて、我々も食べましょう」

「はい」

私達は席につき、手を合わせてから食事を始めた。

「うん、凄く美味しいです。味付けも丁度良くて、家庭的な味だ。このハンバーグは、特別な日にいいですね」

「特別ですか?」

「はい、こんな風に。私にとったらご馳走なので」

ニコッと微笑みながら美味しそうに食べてくれる。

あぁ、なるほど。悠斗さんにとっては、大好物なので確かにご馳走だろう。

特別だと言うから変な意味でとってしまった。恥ずかしい……。

でも美味しいと言ってもらえて嬉しかった。それに、味付けは気に入ってくれたようだ。

私は、ドキドキしながらもホッと胸を撫で下ろした。

なら自分も。フォークとナイフを手に取り、ハンバーグを細かくして口に運ぶ。

うん、焼き具合もいい感じ。デミグラスソースに赤ワインを入れたから、しっかりとコクが出ている。

悠斗さんは料理に使った赤ワインとは違う、高級そうな赤ワインを用意してくれた。

一口飲んでみる。

こちらも肉料理にピッタリだった。

ワインを味わいつつ食事を楽しんでいると、悠斗さんは何かに気づいた。

「あ、見て下さい。ショコラが出てきました」

私はその言葉に小さく息を呑むとケージの方を見る。

あ、本当だわ！

ショコラちゃんが、恐る恐るケージから出てきていた。

そしてケージのそばに置いてあったエサを食べ始めた。

良かった……。ちゃんと食べてくれるみたい。

私がいることを嫌がってずっと出てこなかったら、どうしようと思っていた。でも心配ないようだ。

悠斗さんはショコラちゃんを一瞥してから私に視線を向け、嬉しそうに微笑んでくれる。私もそれを見て、ほっこりとあたたかい気持ちになった。

「ニャー」

うん？ 下を見るとすでにご飯を食べ終わったミルキーちゃんが、悠斗さんの足元に来ていた。遊んでほしそうな顔をしている。

彼のことを可愛らしい顔で見上げ、足にしがみついてよじ登ろうとするが、まだ食べている最中だ。

「ミルキー、まだ食事中だから待っていなさい」

「ニャー」

ミルキーちゃんは、悠斗さんの注意を聞かずにそのまま彼の膝の上に座ってしまった。

子猫を膝の上に乗せて食べている悠斗さん。

何だかギャップがあって、不思議で可愛らしい光景だ。悠斗さんは、ちょっと困っていたが、「こういうのを見られると恥ずかしいですね」と苦笑いしている。

私は、それを見ながらクスクスと笑ってしまう。

何だか幸せな一日だ……。

そして食事を済ませて、お皿を洗っていると帰る時間になってしまった。

楽しい時間は、あっという間に過ぎてしまうが仕方がない。

「もうこんな時間。そろそろ帰らないと」

「えっ？　もうそんな時間ですか」

お皿洗いを手伝ってくれていた悠斗さんは、私の声に顔を上げて時計に視線を移した。

「それなら今日は、私が送って行きますよ」

「えっ？　悠斗さんがですか？」

「はい。私に送らせて下さい」

悠斗さんがにこやかにそう言ってくれるので嬉しくなるが、申し訳ない気もする。甘えていいのだろうか？

「でもミルキーちゃん達も居ますし」

「少しだけなら……」

そう悠斗さんが言いかけた時、電話が鳴ってしまった。

どうやら彼のスマホからだったようだ。仕事先からだろうか？

「どうぞ、出て下さい」

悠斗さんは頭を下げると電話に出る。やはり仕事の事だったらしい。

慌ててダイニングテーブルに置いてあったスケジュール帳を見ている。

「そうですね……この日程ですと、火曜日の方が都合はいいですね。なら、その時に告訴について話し合いをしましょう」

弁護士としての難しい話になってきたので、私が居ると邪魔になると思い帰る事にした。悠斗さんに頭を下げる。

悠斗さんは、すぐに気づき同じように頭を下げてきた。

申し訳なさそうな顔をしていたが、仕事なら仕方ないわよね。

ちょっと残念な気持ちになったけど……。

私は、マンションから出ると運転手の田中さんを呼び、そのまま帰宅する。

後に悠斗さんからお詫びのメッセージが送られて来ていた。

『先程は、送ると言いながらも電話で送れず申し訳ありませんでした。夕食の煮込みハンバーグ、とても美味しかったです。楽しいひと時をありがとうございました』と書かれてあった。

私を気遣ってくれる内容のメッセージに嬉しくなる。

次は、何を作ろう。そう思いながら頬を緩ませた。


それからも悠斗さんの自宅には、度々お邪魔するようになっていた。

お互いに仕事もあるので、もちろん毎日ではないけれど。

お互いの予定が合う日の土曜日か日曜日に会うことが多い。父の会社に勤める私は、土日が休みだからだ。

ショコラちゃんの事もあるから長居するといけないと思い、遠慮して午後から行くようにしていた。その方がお互いに猫とのスキンシップがとりやすいだろう。

その度に手料理を振る舞った。昨日はオムライスで、先週はロールキャベツ。
来週は、何にしようかしら？
私は自分の部屋のベッドに転がりながら料理本を見ていた。
和食もいいなぁと思っていると、マロンがこちらに来てスリスリとすり寄ってくる。
「どうしたの？　マロン？」
私がそう言うとマロンは仰向けになり、ゴロゴロと喉を鳴らした。
どうやら構ってほしいらしい。可愛い……。
そういえば、最近ショコラちゃんばかり気にかけているような気がする。
私は起き上がるとマロンを抱き上げ、抱き締めてあげた。
「ニャー」
と鳴きながらしっぽを振って喜ぶマロン。
しばらくマロンと戯れていると、私はある事を思いついた。
「そうだわ。マロンも一緒に来ない？　悠斗さんの家に」
同じ猫同士通じ合うかもしれない。
まぁ、猫によっては、嫌がる子もいるだろうが、試してみないと分からないし。
何よりこの子は、大人しくていい子だから仲良くやってくれるだろう。

親バカ抜きでそう思える子だ。

「よし、そうと決まれば悠斗さんに聞いてみよう」

私は、スマホを取ると早速悠斗さんに今度連れて行ってもいいかとメッセージを打つ。

悠斗さんからは、しばらくしてから返事が届いた。

『こんばんは。いいお話をありがとうございます。私もマロンちゃんに会ってみたいと思っていました。ショコラの事は、心配ですが試してみる価値はあると思います』

やった、どうやら悠斗さんも賛成してくれたようだ。

私は嬉しくなり、スマホの画面を抱っこしているマロンに見せる。

「ほらほら、マロン。悠斗さんがマロンに会いたいって。悠斗さんの家には、二匹の子猫が居るのよ。仲良くしてあげてね」

マロンに分かりやすく言ってみるが、当の本人は、「ニャー」と鳴くだけだった。

しっぽを振りながら喜んでいる。

猫だし、恐らく意味は分かってはいないだろう。目をパチクリさせながら私を見ているし。大丈夫だと思うけど、ちょっと心配になってきた。

いくら大人しくても本能的なものには勝てない。ご迷惑をかけないといいけれど。

ミルキーちゃんやショコラちゃんとも仲良くしてくれますように、と小さく祈った。


そして悠斗さんと会う日。私は、マロンをキャリーバッグに入れる。

黒くて大きめの手提げバッグになっており、ペットを入れやすい。

マロンは大人しいため、車の中で暴れる心配はないが、安全性を考えて念の為にそうした。

自宅の外で待っていると、悠斗さんの車が来た。いつものように車を停めると素早く出て、こちらまで回ってドアを開けてくれた。

「ありがとうございます。この子が、お話ししていたマロンです」

私は、そう言ってマロンを紹介した。マロンは顔だけ出している。

「わぁ~やっぱり、可愛いですね。想像以上だ」

そう言った悠斗さんの目は、嬉しそうに弧を描いていた。

私は、それを見て心臓がドキドキと高鳴りだす。猫好きだと伝わってくるような瞳だった。

「では、行きましょうか」

「はい」

私は、返事をすると車に乗り込んだ。悠斗さんはすぐに運転席に乗り込み、車を走らせる。

マロンはやはり車の中でも大人しくしてくれている。

猫によっては、キャリーバッグや車を嫌がり、鳴いたり暴れたりするけれど、問題なさそうだ。

「本当に大人しい性格ですね。マロンちゃんは……。ウチのミルキーだと、じっとしてなくて暴れまわって大変ですよ。ショコラだと少し慣れたとしても驚くと漏らして、後で大変な事になります。病院に連れて行くのも一苦労ですよ」

「あらあら、それは大変でしたね」

悠斗さんの言葉に、私はクスクスと笑ってしまった。悠斗さんも言いながら苦笑いする。

ミルキーちゃんのように暴れまわるのも困るが、ショコラちゃんのお漏らしも困ってしまう。動物の尿は、匂いがキツいからだ。

それを後始末する悠斗さんなんて見ものだろう。

そんな事を考えている間に目的地のマンションに着いてしまう。

悠斗さんは、ドアを開けた後にいつものように私が持ってきた夕食の食材を持ってくれた。

私は、マロンの入ったキャリーバッグの方を持って行く。

そしてエレベーターに乗り込み部屋に向かうと、ミルキーちゃんはこちらに来てくれた。けれどショコラちゃんは、私を見るなり逃げ出してしまう。

まぁいつもの事なので気にしない。それよりも……。

「ミルキーちゃん。今日は、友達を連れて来たわよ」

私は、ニコニコしながらそう話しかけてみる。

ミルキーちゃんは、何の事か分からないのか首を傾げながらきょとんとしていた。

私は、リビングに行くとキャリーバッグをソファーのところに置き、ファスナーを開けた。するとマロンがきょろきょろと周りを見回しながら出てきた。

やっと解放されたからか背筋を伸ばし、私を見る。

「マロンお待たせ。ごめんね、窮屈だったでしょう？」

「ニャー」

と鳴くと、マロンは身体をすり寄せて甘えてきた。

私はそんなマロンを抱きかかえると、ミルキーちゃんの居るところに向かう。

ミルキーちゃんは、悠斗さんと一緒にキッチンの方に行っていた。

悠斗さんが持ってきた食材を置いてくれる。

「ありがとうございます。ほら、ミルキーちゃん。新しい友達のマロンよ。仲良くしてあげてね」

私は、優しく言いながらマロンを床に降ろす。二匹はこれで初対面だ。

すると先に興味を示したのはマロンだった。

ミルキーちゃんに近づき頭の匂いを嗅ぐ。

しばらくそうしていると、マロンはミルキーちゃんの顔を舐め始める。

ミルキーちゃんも嫌がらずに受け入れたのか、喉をゴロゴロと鳴らしていた。

「あら、もう仲良くなったのね。さすがだわ」

やはり大人しいお姉さん猫のマロンと人懐っこいミルキーちゃんは、相性がいい。

すぐに仲良くなっていた。

「確かに結菜さんの言った通り、すぐに仲良くなりましたね」

「はい。でも問題は、ショコラちゃんですね……」

「あぁ、確かに……」

人懐っこい二匹は問題ないだろうとは思っていた。

しかしショコラちゃんはどうだろうか？　あの子は警戒心が強い。

同じ猫とはいえ、初めて会うマロンをどう思うだろうか？

私はマロンを抱くと、ショコラちゃんが居るケージに連れて行く。

ミルキーちゃんは気になるのか、私の後ろについて来た。

ショコラちゃんは、相変わらずケージの中にある毛布に隠れて出てこない。

まだ慣れてくれる様子はないようだ。私は、ニコッと笑いかけてみる。

「こんにちは、ショコラちゃん。今日は、友達を連れて来たのよ。マロンって言うの。

仲良くしてくれると嬉しいな」

私は、そう言って優しく呼びかけるとマロンを床に下ろした。

本当は近くで見守りたいけれど、慣れない私がいる状態で二匹がコミュニケーションを取ることは無理だろう。私は離れて見守ることにした。

キッチンの方に行き、悠斗さんと一緒に隠れてその光景を見ていた。

マロンは、ショコラちゃんの方を見て鳴き出した。

「ニャー、ニャー」

その鳴き声は、何かを呼びかけているように聞こえる。

しばらくするとショコラちゃんが、毛布から顔を出してきた。

ジッとマロンを見ている。近くにいたミルキーちゃんも近づく。

するとショコラちゃんは、その様子につられてケージから出てきた。

マロンは、ミルキーちゃんにもしたようにショコラちゃんの頭の匂いを嗅ぎ始める。

しばらくそうした後、満足したのかマロンは急に走り出した。

するとミルキーちゃんとショコラちゃんまでもが後を追いかけ、そのまま三匹ともキャットタワーに登り始めた。もう仲良くなったようだった。

私が驚きながら悠斗さんを見ると、悠斗さんも目を見開いていた。こちらを見るとニコッと微笑んでくれる。

「マロンちゃんは、お姉さん猫なだけはあってまとめるのが上手いですね。あの子達も嬉しそうだ」

悠斗さんも満足しているのか、嬉しそうに三匹を見ていた。私は、それを見ていて幸せな気持ちになった。

何だろう……この気持ち。ずっとこんな彼を見ていたいと思う。

「では私達は、準備を始めましょうか。今日は、邪魔されないので私もお手伝い出来そうですね」

「は、はい。よろしくお願いします」

私は、ドキドキしながらその提案に頷く。一緒にキッチンに立てることが嬉しい。

マロン達が遊んでいる間に作る事にする。今日は豚の角煮にするつもりだ。

他のメニューは、ご飯と味噌汁、納豆と冷奴、トマトと玉ねぎのサラダにした。

豚の角煮の材料の豚肉、大根、卵などを味付けして圧力鍋でコトコト煮る。

悠斗さんは、その間に味噌汁の食材を切っていた。

こうやっているとまるで新婚気分だ。隣に並んでいるだけでもドキドキして心臓が飛び出しそう。チラッと悠斗さんをもう一度見てみる。

手際よく包丁で野菜を切っているのを見て、料理を作れる人なのだと知る。

意外……。忙しい人だと知っていたから、あまり作らないものだと思っていたわ。

「悠斗さんって料理とか作ったりするんですね」

「えっ？　変ですか？」

「あ、いや……ちょっと意外だと思いまして。別に変ではないですよ！　ただ、忙しい方だと知っているので」

別に否定している訳ではないのだが、誤解をしていたらどうしよう……。

私が慌てていると、悠斗さんはクスッと笑った。

「忙しいとなかなか作る事もままならず、簡単に済ませる事もありますが、出来る時に作ったりしていますよ」

「そ、そうなのですね。何が得意なんですか？」

「うーん。そうですね……やっぱりハンバーグとかですかね？　好きなので、つい作ってしまいますね」

「まぁ……」

悠斗さんの言葉にクスクスと笑ってしまう。悠斗さんも苦笑いしていた。

すると突然、ガタンと何かが落ちる音が部屋のソファーの近くから聞こえてきた。

えっ？

驚いて見てみると、マロン達が誤って悠斗さんのスマホを床に落としてしまったようだった。

走り回っているうちに、いつの間にか彼のスマホが置いてあるソファーのところで遊んでいたみたいだ。

「あぁ……悠斗さんのスマホが⁉」

「おやおや、仕方がありませんね。傷がついていないといいのですが」

悠斗さんは、苦笑いしながら取りに行く。

「すみません。もしかしたらマロンかもしれません」

故意でやる子ではないから、夢中で遊んでいて落としたのかもしれないわ。

もしそうなら大変な事だ。壊れていないといいのだけど……。

「いえ……大丈夫ですよ。傷もついていませんから。それにミルキーの可能性もありますから気にしないで下さい。もう何度もやられていますから。その辺に置く私も悪いのですが。つい仕事に使って、そのまま置いてしまって」

「あ、分かります。私もです」

その言葉に私は、悠斗さんとの共通点を見つけたことが嬉しくて彼に顔を向けた。

猫を飼う時には気を付けないといけない事だ。

猫は、刺激的な物が大好きなので、物を落として喜ぶ習性がある。落とす事で大きな音が出るのが刺激になるのだろう。

だから猫の居る前やそばに物を置かない方がいい。

するとミルキーちゃんは、こちらに来た私達が遊んでくれるものだと思い、低いテーブルから悠斗さんの腕にジャンプしてしがみついてきた。

「あ、こらミルキー。今は、遊んでいる訳ではないから」

「ニャー」

彼が注意をするけれど、可愛く鳴いて離さない。

それどころか、器用にスルスルと登り出して肩の上に乗ってくる。

あらあら、ミルキーちゃんったら……。

悠斗さんは、呆れつつも苦笑いしながら頭を撫でていた。

そうするとミルキーちゃんは、頬をスリスリして甘えてくる。

可愛い……。思わず写真を撮りたくなるほどの光景だった。

なんて素敵なのかしら。ついニヤニヤと頬が緩みそうになる。

おっと……いけないわ。にやけていたら変な人だと思われちゃう。

私は、グッと我慢をする。すると悠斗さんのスマホの着信音が鳴り出した。

こんな時に電話だなんて。悠斗さんにかかってくる電話は、仕事の事が多いのに。

悠斗さんは、電話に出るのだが、やはり仕事だったようだ。

「はい、そうですね。その事について話し合いの場を設けたいと思います。ですので、日を改めてこちらから連絡をします。それまでに」

これは、すぐに終わるとは限らないわね。それにしても……。

真剣な話をしているのに、肩にはまだミルキーちゃんが乗っていた。

普段からあんな感じなのかしら？

何ともシュールな光景に笑いがこみ上げてくる。そうしたら圧力鍋の蒸気口から蒸気が噴き出す音がした。

あ、忘れていたわ。料理の続きをしないと……。

私は、慌ててキッチンの方に戻り火を弱めようと手を伸ばした。しかし焦ったせいで誤って圧力鍋に触れてしまう。一瞬で右手に火傷をしてしまった。

「……あつっ……」

私は、あまりの熱さに眉を寄せる。すると、丁度電話を終わらせた悠斗さんが私の声を聞きつけて急いでこちらに来た。

「大丈夫ですか⁉ 結菜さん」

「だ、大丈夫……です」

嘘。本当は、じんじんと感じる痛みに涙が出そうになっていた。

私が自分の手をギュッと握っていると、悠斗さんは眉を寄せ私の手を掴む。

「とにかく、すぐに冷やして下さい」

そう言うと少し強引に私の手を引いて水道水で冷やし始めた。

後ろから抱き締められているかのような体勢で手を握られて、心臓が飛び出しそうになるぐらい高鳴っている。火傷も痛いが、それよりも身体中が火照って熱くなるほど恥ずかしかった。

しっかり冷やすと、悠斗さんは救急箱を持ってきてくれた。

「あ、ありがとうございます」

「いえいえ、これぐらい大したことはありません。それより、思ったよりも火傷にならなくて良かったですね。これなら水ぶくれにならないでしょう」

「そうですね……」

まだ心臓がドキドキしている。私は、一生懸命シップを貼っている悠斗さんの顔を見る。

その真剣な表情で心配してくれているのが十分に伝わってきた。

何だか恥ずかしくも嬉しく思う。ポカポカとあたたかく優しい気持ちがこみ上げた。

「よし、これで大丈夫ですよ」

「ありがとうございます、すみません」

「いえいえ。まだ痛いでしょう？　シップでやりにくいでしょうから座っていて下さい。後は、私がやります」

「えっ？　でも……」

「これぐらいならお任せ下さい」

悠斗さんは、そう言うとニコッと笑ってくれた。

そして私を椅子に座らせるとパパッと残りの料理を作り、盛り付けしてしまった。

ダイニングテーブルに並べられた料理を見て、私は感嘆の息をついた。凄い……。豚の角煮は、すでに私が味付けしていた。豚肉がトロトロに煮込まれて美味しく出来たと思う。悠斗さんは、早速一口食べてくれた。

「これは、美味しいですね。ご飯が何杯も食べられそうだ」

「まぁ……フフッ。それなら良かったです。卵と大根も美味しく煮えていると思いますよ」

「どれどれ……。あ、確かに。柔らかく芯まで煮えていますね。大根の甘味が出てさらに美味しくなっています」

そう大絶賛しながら笑みを向けてくれる。良かったわ。

私も嬉しくて食が進む。あっという間にお互いに完食してしまった。

食べた後は、早めに片付けて食後のコーヒーを淹れた。席についた私の膝の上にはマロンが乗り、悠斗さんの膝にはミルキーちゃんとショコラちゃんが上がる。

いつの間にか遊び疲れたらしい三匹が集まってきた。あらあら、皆甘えん坊さんね。

私はクスクスと笑う。すると悠斗さんが……。

「ショコラ。逃げなくなったな？」

ショコラちゃんの身体を撫でながらそう言って微笑んでいた。

「あら、本当だわ。私が居るのに逃げていない。もしかして慣れてくれたの？」

私は、嬉しくなってショコラちゃんの目を見て話しかけてみる。

すると目が合った瞬間飛び出すように逃げてケージに入ってしまった。

えっ……？　また逃げちゃうの？

慣れてきたのかと思ったのに……とガッカリする。

「ショコラのやつ。くつろぎ過ぎて怖がるのを忘れていただろう？」

悠斗さんが、呆れながらツッコミを入れていた。

慣れてくれた訳ではなかったのね。ちょっとガッカリしてしまったが、くつろぎ過ぎて忘れるなんて……。

それがまた、可愛いと思ってしまった。

「すみません。またショコラが失礼な態度をして」

「いえいえ、大丈夫ですよ。可愛いかったですし」

「それならいいのですが……」

ちょっと心配そうな表情をしている悠斗さんに私は、クスッと笑う。

人見知りをするショコラちゃんには、もう慣れた。

それよりも少しでも気が緩むという事は、私に慣れ始めたって事だろう。そう思ったら嬉しかった。

ふと、シップが貼ってある右手を見る。

何だろう？　触れられた事を思い出し、胸の辺りがキュンと締め付けられた。


そして、あれから私は変わらずに悠斗さんの自宅に行っているが、ショコラちゃんは、家に訪れても逃げなくなった。

まぁ、マロンを連れて行ってるからというのもあるだろうけど。

でもケージに入らなくなったのは進歩だと思う。触るのは嫌がるが、少しずつでも近づこうとしてくれているのは分かる。

ショコラちゃんならではの友好の証だろう。

今日も悠斗さんの車でショコラちゃん達に会いに向かった。

「お邪魔します」

と挨拶をしながらソッと玄関のドアを開ける。

するとミルキーちゃんが、急いでこちらに向かって来た。

短い足でトコトコと小走りする姿は、いつ見ても可愛らしい。

ショコラちゃんは？　あ、居た。

奥の右側にあるリビングのドアのところに居たのだが、隠れる訳ではなくそこでじっとしていた。

「ショコラ。そこに居ないで、こちらにおいで」

悠斗さんが呼びかけてくれた。

するとショコラちゃんはドアの奥に隠れてしまう。だが、すぐに顔を覗かせる。

ショコラちゃん……こちらから見えているわよ？

まるで某お笑い芸人か、何とかという家政婦みたいだわ。

その可愛い姿に胸がキュンとした。

「この姿が、また可愛くて何も言えなくなるから困ります」

「ええ……本当に」

ポツリと言った悠斗さんの意見に思わず納得してしまう。

その通り、可愛いからそれ以上何も言えなくなるわね。私は、苦笑いする。

するとミルキーちゃんが、鳴きながら私にしがみついてきた。

「あ、ミルキーちゃん、放っておいてごめんね。マロンも」

ミルキーちゃんとマロンに謝るが、マロンは大人しく待っていてくれた。

悠斗さんは、ミルキーちゃんを抱くと靴を脱いで中に入る。私も彼に続いた。

リビングまで向かうと、ショコラちゃんは慌ててソファーの近くに避難したようだ。

私はクスクスと笑うとキャリーバッグを降ろし、マロンを出してあげる。

そうしたら、すぐさまマロン達は駆け出してキャットタワーに登り出した。

三匹はもうすっかり仲良しだ。

「では私達は、夕食の準備を始めましょうか？」

「はい。そうですね」

私達は、夕食の準備を始めるのだが、始めて十分も経たずに悠斗さんのスマホの電話の着信音が鳴った。

「はい。もしもし。あ、白石《しらいし》様。どうなされたのですか？　えっ？　向こうが、そのような事を申しているのですか？　は、はい。すぐに事務所に向かいますので、その事について話し合いをしましょう」

えっ？　悠斗さんの言葉を聞くに、どうやら仕事で何かトラブルがあったらしい。

すぐに事務所に向かうということは……もう一緒に居られないって事よね？

そんなぁ。せっかくの楽しい時間が……。私は、一緒に過ごせない事にショックを受ける。

悠斗さんも電話を切ると申し訳なさそうな表情でこちらを見てきた。

「急ぎで片付けないといけない案件が出来ました。どうしましょうか？」

「それなら私は、このままお暇します。あ、でもミルキーちゃん達は？」

「またペットシッターの方に預かってもらいます。ショコラはあまりその方に懐いておらず可哀想ですが、いつもの事ですし仕方がありませんね」

悠斗さんは、ため息交じりにそう言ってきた。

仕事が忙しい人だから、よくペットシッターの方に頼んでいるのだろう。

ミルキーちゃんはともかく、ショコラちゃんが気がかりだ。

私も完璧に懐いてもらった訳ではないが……マロンも居るからまだ気が楽だろう。

悠斗さんの役に立ちたい気持ちが顔を覗かせる。何より、私がここに居てもいいのなら、彼の帰りを待っていたい。

「あの……でしたら、私が残りましょうか？　悠斗さんが、戻って来られるまで」

他人の家で無暗に待っていていいのか悩むところだが、そうは言っていられない。

「えっ……でも何時になるか分かりませんし、ご迷惑では？」

「全然。私では不安かもしれませんが、ぜひ私にやらせて下さい」

やりたいという強い気持ちを、ダメもとで悠斗さんに伝えてみた。

悠斗さんは驚いた表情をするが、待つと言ったのが嬉しかったのか、頬を赤く染めながらも微笑んだ。

「それならお願い出来ますか？　出来るだけ早く帰って来ますので」

「分かりました。お待ちしております」

私は、元気にそう答える。嬉しい……彼の帰りを待っていられるわ。

悠斗さんは私に微笑みながら返事に頷くと、会社に行く支度を始めていた。

スーツに着替えて必要な資料を持って玄関に向かう。

「では、行って参ります。これ、合鍵です。もしあまり遅いようでしたら、帰って頂いても構いません。鍵は、次に会う時に返して頂ければいいので」

「はい。行ってらっしゃい」

「……行ってきます」

お互いに挨拶を交わすが、これはまるで新婚夫婦の朝みたいだ。

ちょっと気恥ずかしい……。

「……では、よろしくお願いします」

悠斗さんは照れた表情で外に出た。

あぁ、行ってしまったわ。

仕事だから仕方がない事だが、せっかく一緒に過ごせると楽しみにしていたから残念な気持ちになってしまう。

ミルキーちゃんは、玄関のドアをガリガリと前足でかいていた。

「ニャーニャー」

と心細そうに鳴きながら。

飼い主の悠斗さんが、また居なくなったから寂しいのね。

私は、ミルキーちゃんを優しく抱き上げる。

「悠斗さんはすぐに帰って来るから、私達と一緒に待ってましょう」

マロン達も居るから、きっと寂しくないはずだわ。私も……。

そう自分にも言い聞かせながらリビングに入って行く。

悠斗さんが居ない間に作りかけの夕食の支度を進めた。

出来上がった料理を食べずに待つこと二時間が経ち、ようやく悠斗さんが帰ってきた。

私は、玄関まで迎えに行く。

「お帰りなさい」

「まだ帰らずに待っていて下さったのですか?」

「はい。夕食温め直しますね」

私がリビングに行こうとしたところを、彼に呼び止められる。

「遅くまですみません。食べたらすぐにお送りしますので」

「いえいえ、好きで待っているだけなので。車も連絡したらすぐに迎えに来てもらえるので大丈夫です。それよりもミルキーちゃんとショコラちゃんが、待ち疲れて眠ってしまいましたよ」

私は笑顔でそう言ったが、本心は早く帰らせないでと思っていた。

せっかく悠斗さんが帰って来たのに……。すぐに帰るなんて寂しい事じゃない。

いつの間にか一緒に居るのが当たり前になり過ぎて、最近は帰るのが寂しいと思ってしまう日が続いていた。

まだ帰りたくない。まだ一緒に居たい。

そんな風に思う自分に気づくと驚いてしまった。私は……。

「結菜さん？　どうしたのですか？　ボーッとして」

「あ、いえ……何でもありません。夕食を温め直しますね」

私は、ハッとすると慌ててそう言いリビングに戻った。

変に意識をすると余計に恥ずかしくなってきた。顔が熱い……。

きっと今の自分は、頬が赤く染まっているだろう。

しかし、悠斗さんの忙しさは、それだけではなかった。

次の週に会いに行った時は、被告人の弁護の事で呼び出しが。

父の会社以外にも担当している仕事が多く大変そうだった。

その度にペットシッターさんを呼ぶのも、ショコラちゃんに負担がかかる。

ショコラちゃんのためだと自分を納得させつつも、私自身も彼と少しでも一緒にいたいという気持ちがあった。

仕事のせいで会えない日はこれからもあるだろうけれど、悠斗さんと会えない時間が増えるのは寂しかった。

「それなら、土日で呼び出しがあった日には、私が待つようにします。その方が、気兼ねなく会えますし、ショコラちゃん達も寂しくありませんし」

本当は、私自身が会える理由を作りたいだけだけど……。

これなら、ペットシッターを呼ぶ手間もないし、私もショコラちゃん達と彼を待っていられる。

「しかしそうなると、かなり待たせる事になりますし、結菜さんに失礼なのでは？」

「心配はいりません。私自身待つ事には慣れていますし。それにマロンやミルキーちゃん達が居るので楽しいですよ」

私はニコリと笑う。それは嘘ではない。

お留守番は、両親の帰りを待つことで慣れていた。どちらも忙しい人だったから。

家にはお手伝いさんが居たから寂しさを感じない訳ではなかったけれど、一人でいるよりはマシだった。それに、今はマロンやショコラちゃん達が居るし。

「では……お願い出来ますか？」

「はい。お任せ下さい」

私は、笑顔でそう返事する。悠斗さんは少し申し訳なさそうにするが、ニコッと微笑んでくれた。

そして、私は今日も悠斗さんの帰りを待った。

彼が帰って来た後に話し合い、今度からはお昼も兼ねて早めに訪れる事にした。

前は遠慮して夕方頃にしていたが、早くからミルキーちゃん達の面倒を見られるし。少しでも悠斗さんと一緒に居られるようにと考えた結果だ。悠斗さんも助かると言ってくれた。

私は、張り切りながらミルキーちゃん達の遊び相手をする。しかし遊んでばかりいるのもなんだから家事もしておくと伝えてある。せっかくなら喜んでほしい。

会いに行くのは、毎週の土日と祝日。でも、悠斗さんが呼び出される日は決まっておらず、いつ呼び出されるか分からない。

今日も悠斗さんは、昼食をとってしばらくすると、事務所に呼び出されて行ってしまう。

私は彼を送り出した後、ソファーでミステリー小説を読んでいた。

横にはマロンがくつろいでおり、ミルキーちゃんもそばで遊んでいる。

話し合いの時に悠斗さんが面白いから退屈な時にどうぞと言い、持っている小説を薦めてくれた。

ミステリー小説はあまり読まないけど、悠斗さんはどんな小説を読むのだろうと思い、読んでみる事にした。あら、意外と面白いかも。

探偵とおねぇ系の助手という組み合わせがいい。私がいつの間にか夢中で読んでいると……うん？

近くに気配がするので振り返ると、ショコラちゃんがこちらに来ていた。

「あ、ショコラちゃん」

私は、近くまで来てくれた事に嬉しくなり声をかけてみる。

すると一瞬動きが止まり、何故か少しずつ後ろに下がってしまった。

えぇ？　ショコラちゃん!?

せっかくこっちに来てくれていたのに……。

「近くまで来ても大丈夫よ」

そう言ってみるが、あっという間に逃げ出してしまった。

あぁ、逃げちゃった。

もう少しで仲良くなれそうな気がしたのに。残念な気持ちになる。

それでも、前よりも怖がらないようになってきたとは思う。

ショコラちゃんも少しずつ私に慣れようと努力しているのだろう。

それは、その日の夜。悠斗さんが帰って来た頃にも起こった。

「ただいま帰りました」

と悠斗さんが言うと……。

私とマロン、ミルキーちゃんは、迎えに出ようとした。ショコラちゃんもその後ろをついて来ようとしていたみたいだけれど、私が後ろを振り返ると慌てて止まってしまう。

私が向き直り行こうとすれば、ショコラちゃんも動き出す。

しかし、振り返るとまた止まっていた。

まるで、だるまさんがころんだみたいだ。可愛いけど困ったわね。

何回かやっていたら、悠斗さんが入って来てしまった。

「何をなさっているのですか?」

「あ、いえ……その。だるまさんがころんだを……」

自分で言うのも恥ずかしくなってくる。子供っぽかっただろうか。

「そう……ですか……」

そう言いながらも悠斗さんは、クスクスと笑っている。

そんなつもりはなかったのだが、結果的に遊んでいるような場面を見られてしまった。

「そ、それよりも夕食を……今日は、ナポリタンなのでパッパッと作ってしまいますね」

私は、慌ててリビングに戻った。はぁ、頬が火照って熱いわ。変な冷や汗が出るところだった。

私は、そう思いながらキッチンに向かう。

気を取り直してナポリタン作りを始める事に。すでに食材は切っておいた。

他の物はすでに作っておいたから、残りはナポリタンのみ。

私は素早く茹だったお湯にパスタを入れると、その間にフライパンにオリーブオイルを敷いて玉ねぎとウインナー、ピーマンを炒める。具材は炒めた後トマトケチャップを入れて煮詰め、バターを加えて溶かしてから茹でた麺と絡める。出来上がったナポリタンを熱した鉄板に移し、ナポリタンの周りから塩こしょうを加えた溶き卵を注ぐ。

私は、ナポリタンの中でもこの名古屋風味のナポリタンが、特に好き。

鉄板に敷いた卵焼きが、ナポリタンとマッチして美味しいからだ。

私は、作っておいたポテトサラダとコンソメスープも一緒にダイニングテーブルに出した。

「わぁ、今日も美味しそうですね。鉄板ナポリタンですか？」

悠斗さんが、スーツから私服に着替えて部屋に戻ってきた。

「はい。名古屋風が好きなので、それにしてみました」

「奇遇ですね。私も鉄板の方が好きです。昔、仕事の時に名古屋で食べた鉄板ナポリタンの味が忘れられなくて自宅でも作ったりしていました」

悠斗さんが、懐かしそうに話してくれた。

あぁ、だから自宅に鉄板があったのね……と納得する。何故あるのだろう？　と不思議に思っていたのだ。

悠斗さんも好きで作るのなら納得。でも、そこまで凝っていると思うと意外で、同じ好みだと知り嬉しくなる。

「でしたら、なおさら冷めない内に食べましょう」

私は、笑顔でそう言いながらお冷の水を注いで出した。

悠斗さんは「いただきます」と言うとフォークにナポリタンの麺を巻き付けて上品に口に運ぶ。

味は、どうかしら？

「うん、美味しい。名古屋で食べた味によく似ていますよ」

「本当ですか？　良かった……」

名古屋の味に似ていると言ったのは、気を遣ってのことだろうけど、美味しそうに食べてくれている。それが嬉しい……。

私が頬を緩ませていると、「ニャー」と鳴き声が聞こえてくる。うん？

声がした方を見ると、ミルキーちゃんがいつの間にかテーブルの下に居るではないか。

エサをあげたばかりなのに、もう食べたのかしら？

ケージの方を見ると、あげたはずのキャットフードはすでになくなっていた。早い。

ショコラちゃんとマロンはまだ食べているのに。どうやら食欲旺盛みたいだ。

悠斗さんは、仕方なさそうにミルキーちゃんを膝の上に座らせた。

するとミルキーちゃんは匂いにつられたのか、テーブルの上に登りたがる。

「ミルキー。今はダメだぞ。玉ねぎ入りのパスタを食べているから、万が一食べたら大変だ」

「そうよ。食べたらお腹壊すわよ」

実際は、お腹を壊す騒ぎでは済まなくなるのだが……。

猫にとって玉ねぎは、中毒性のある危険な食材だ。

だから人間の料理は、なるべくあげない方がいい。

ミルキーちゃんはきょとんと首を傾げているが、多分分かっていないだろう。

「ほら、ミルキー。食べるまで、ここで大人しくしていて」

悠斗さんは、ため息交じりにそう言うとミルキーちゃんを膝の上に戻しナポリタンを食べ進めた。

ミルキーちゃんは、不満そうに鳴いている。

私はそれを見ながらクスクスと笑っていた。可愛いと思いながら食べ終わると、食器を片付けてコーヒーを淹れる。

悠斗さんは、ノートパソコンに向き合って仕事をしていた。

本当に、仕事が大変そうだなぁ……。

最初の頃に比べて忙しそうに見えるのは、今まで悠斗さんが私との時間に合わせて仕事量を調整してくれていたからだ。

でも限界があるだろうし。それでも時間を作ってくれる悠斗さんに何かしてあげたいと思った。うーん。それだと何がいいかしら?

私自身が出来る事なんてそこまである訳ではない。

法律の知識がある訳ではないから、何の役にも立たないし。

子猫達の面倒だけではなく……他に。

考え込みながら淹れたコーヒーをテーブルの方に持って行く。

「あ、ありがとうございます」

「いえいえ。そういえば、借りた小説。とても面白かったです。特におねぇ系助手のリンリンさん。あの方がお気に入りです」

私は、向かい側の席に座ると悠斗さんに借りた小説の話題を出す。

「読んでくれたんですね?　そうなんですよ。リンリンのキャラは、この小説の持ち味ですね。私は特に……」

猫の話以外でも夢中で説明してくれる悠斗さん。

彼は、猫の次にミステリー小説が好きらしい。趣味が読書だとお見合いで言っていたのは、本当みたいだ。

目をキラキラさせて夢中で話す悠斗さんを見て、私はもっと彼の事を知りたいと思った。まだまだ私が知らない悠斗さんのギャップがあるかもしれない。

どんな感じなのだろう？　考えただけでも惹きつけられるものがあった。これは、ただの好奇心かもしれないが。

しばらく会話に夢中になっていると、帰る時間になってしまう。もっと話を聞きたいところだが、時間も時間なので帰ろうと上着を取り羽織る。すると悠斗さんが……。

「あの……いつもすみません。美味しい手料理をありがとうございます。いつも楽しみにしています」

とお礼を言ってくれた。

「あ、いえ……喜んでもらえて嬉しいです」

改めてお礼を言われるととても嬉しいが、なんだか照れてしまう。

あ、そうだ。この手があったわ！

私は、ある事を思いつく。これなら私にでも出来るわ。

「うん？　どうかされましたか？」

急に顔を上げた私を見て、悠斗さんは目を丸くして首を傾げた。

「あ、いえ。ちょっと考え事をしていただけです。では……マロン。帰るわよ」

私がそう言うと、マロンはこちらに小走りして来た。

そんなマロンをキャリーバッグに入れると、私は悠斗さんに頭を下げて出て行く。

悠斗さんは、何か言いたそうだったが……。

運転手さんに迎えに来てもらい帰途についた私は、ある事を考えていた。

それは、悠斗さんにお弁当を作ってあげる事だった。

忙しい人だから、ろくに昼食もとっていないだろう。

栄養満点のお弁当を作ってあげよう。

それなら私にでも出来るし、悠斗さんの役にも立つだろう。

よし。そうと決まれば明日は、早起きをしなくちゃ！

「マロン。悠斗さんを驚かせて喜ばせてあげないとね」

「ニャー」

マロンは、笑みを浮かべて喋りかける私に不思議そうにするも、嬉しそうに鳴く。

私も楽しみに思いながら、車の中から外の夜景を見ていたのだった。


そして次の日。早起きをすると自宅のキッチンでお弁当作りを開始する。

「あら、結菜お嬢様。朝早くからどうなさったのですか？」

「あ、春子《はるこ》さん、おはよう。ちょっとお弁当を作ろうと思って」

「お弁当なんて珍しいですね？　お嬢様のなら私が作りますのに」

「大丈夫よ。どうしても私が、作ってあげたい人が居て……」

自分で言いながら恥ずかしくなってくる。

それを聞いた春子さんは、何かに気づいたのかクスクスと笑った。

春子さんは、この家で働いてくれている七十代のベテラン家政婦さんだ。

自宅もすぐ近くで昔からお世話になっている。

「まぁ、そうでしたの。さては、お見合い相手だった五十嵐様ですね？」

「えっ？　どうして分かったの？」

「最近よく五十嵐様のご自宅に行かれていますし、旦那様と奥様もそれに対して嬉しそうにしておられました。もちろん私もですが」

どうやら両親や春子さんには、バレバレのようだった。

あぁ、だから何も聞かなかったのね。

土日の夕食は、いらないとは伝えてあるけど……。

「きっとお弁当を差し入れに持って行ってあげれば、五十嵐様に喜んで頂けるでしょうね」

「そうだといいのだけど……」

「絶対喜んで頂けますよ。お嬢様の愛妻弁当は……」

あ、愛妻弁当って……。ちょっと、まだそんな関係ではないわよ!? ただのお弁当だし。

そう思いながらも悪い気はしなかった。むしろ、ちょっと照れくさい。

しかし、そう言ってもらえるとやり甲斐を感じてきた。

「よし。頑張って作りましょう」

私は、張り切りながらお弁当作りを始めた。

具材は、何にしようかしら? 私は、冷蔵庫を開けながら考える。

悠斗さんはハンバーグが好きだから、お弁当用の小さいものを作るとして……。

後は、卵焼きとから揚げとウインナーと、それから……。

色々考えていると、何だか子供が好きそうな具材ばかりになってしまった。

まぁ、悠斗さんが好きなおかずばかりだけど。私はそれを作る事にする。

卵を小さなボウルに割ると、菜箸で切るように混ぜる。

そして薄口醤油と砂糖を小さじ一杯入れて混ぜた後、卵焼き用のフライパンを中火で熱し、焼いた。

焼く前にサラダ油を引き、キッチンペーパーで余分な油を拭き取っておく。

卵を四分の一の量流し込み、半熟になったら奥から手前に巻いていく。巻いたものを奥に押しやり再度溶き卵を入れまた巻く。その過程を繰り返して卵焼き完成だ。

味付けは、生クリームを加えたり、白味噌を加えたりと色々バリエーションがある。

我が家は、薄口醤油と砂糖だけど。

その家庭によって好みは違うだろうから、悠斗さんの好みの味付けだといいけどなぁ……。

完成した卵焼きを見た春子さんが、嬉しそうに「さすがお嬢様です。綺麗に焼けましたね」と褒めてくれた。

「えへへ……。ついでに自分のも作ろう」

普段は社内の食堂で食べるが、私もお弁当を持って行って悠斗さんと一緒に食べよう。

私は、自分のお弁当箱を取り出して料理を詰めた。

それから小さなハンバーグも作り、他の料理も順調に調理してお弁当箱に入れていく。

よし、これでいいわね。ブロッコリーやミニトマトも入れて彩りも。

見た目も美味しそうに出来た。

「お見事です。これは、五十嵐様も喜ばれますよ」

「だと、いいけど。あ、もうこんな時間だわ。急がないと……」

私は、慌てて蓋をしてランチボックスに入れた。

さて、お昼休みが楽しみだ。

私は、悠斗さんの喜ぶ顔が早く見たいと思ったのだった。

第四章・近づく距離。

午前中は、秘書室で書類整理と頼まれたお礼状の作成をしていた。

そしてお昼の時間が近づくにつれそわそわとし、十二時になると早々とお弁当を持って外に出る。

悠斗さんのお父様が経営している法律事務所と私の働いている会社は、実は十分ぐらいで行ける距離にあった。

事務所に訪れるような仕事は秘書の金本さんが担当していたので、私が行くのは初めての事だ。事務所は、十二階建てのビルの八階にある。

私は、ドキドキしながらエレベーターに乗り込み彼の事務所が入っている階に向かう。

八階に着くと、エレベーターを降りて受付のフロントに向かった。

うわぁー、ここが弁護士事務所なのね？

落ち着いたダークブラウンの木材で統一されたインテリアがお洒落な感じだ。

待合室には落ち着いたブラックのソファーが置いてある。

まさに弁護士事務所のイメージそのままだ。

落ち着かない気持ちできょろきょろと辺りを見回していると、受付の女性二人が頭を下げてくる。

「あの……弁護士の五十嵐悠斗さんと面会したいのですが」

「はい。アポイントメントは、お取りでしょうか？」

「いいえ。でも、久保田結菜と言えば分かると思います」

「承知致しました。しばらくお待ち下さいませ」

受付の女性は、そう言うと電話をかけ始めた。

あぁ、ドキドキする。

しかし、しばらくして現れたのは、悠斗さんのお父様だった。

まさかお父様の方から来て下さるとは思わなかったので驚いた。

「結菜お嬢様。お待たせしてすみません。息子はただ今会議中でして、ご用件なら私が聞きますが？」

「あ、そうなのですか。だったらお邪魔かしら？」

どうしよう……。せっかくお弁当を持ってきたのに。渡すなら、直接渡したい。でも仕事の邪魔をしたらダメだし……。

モジモジしながらランチボックスとカバンを握る。

「……後二十分ぐらいで終わると思いますので、良かったらそれまで事務所を見学なさいますか？　仕事をするところを見て頂けたら、息子も励みになるでしょうから」

迷っていたら悠斗さんのお父様がクスッと笑いながら嬉しい提案をしてくれる。

「えっ？　いいのですか？」

しかも悠斗さんの仕事風景を見させて頂けるなんて……。

お父様に視線を向けると、彼はニコリと微笑んでくれた。

「もちろんです。息子のためにもぜひ。その大切にお持ちになっているお弁当を渡してあげて下さい」

どうやら私がお弁当を持ってきた事を気づかれてしまったようだ。

恥ずかしくなってくる。何故気づいたのかしら？

「あの……よくお分かりになりましたね？　これがお弁当だと」

「はい。ランチボックスですし、この時間に来るということはお昼をご一緒したいのだと思いまして。それにお嬢様は、料理好きだとお見合いでお伺いしておりましたので。それで、お弁当を作って息子に会いに来て下さったのかと」

「あぁ、なるほど……」

さすが、悠斗さんの父親なだけはあるわね。その観察眼に感心してしまう。

「さぁ、こちらにどうぞ。ご案内致します」

「は、はい。よろしくお願いします」

私は、慌てて返事をする。悠斗さんのお父様は、優しく微笑みながら事務所を案内してくれた。改めて見るとやはり悠斗さんは、お父様似なのだと気づかされた。

微笑み方や話し方がよく似ている……。それに鋭い観察力。

背丈も同じぐらいだし、クールな雰囲気とかも瓜二つって感じだ。

悠斗さんが歳を重ねてシワを増やしたら、あんな感じになるのかしら？

お父様に負けず劣らずダンディで、より素敵な中年男性になりそうな気がするわね。

その姿を思わず想像をしてしまいドキドキと心臓を高鳴らせていた。

お父様の案内で廊下を通り、事務室のドアを開けると弁護士や事務員、パラリーガルらしき方が数人仕事をしていた。

すると一人の女性が話しかけてくる。

弁護士バッジをしているから弁護士さんだろう。

「所長、お疲れ様です。あら、この方は？」

「お疲れ様。こちらは、久保田グループのご息女、結菜お嬢様です。今日は、息子に用事があってお見えになったらしい」

「まぁ、あの久保田グループの⁉」

私の事を聞いた周りの人も騒ぎ出した。えぇっ？

驚くのも無理はないが、注目を浴びてしまい恥ずかしくなってくる。

「く、久保田結菜です。よろしくお願いします」

「こちらこそ、よろしくお願いします。噂は、かねがね所長から伺っております。

五十嵐さんのお見合い相手で、現在お付き合いをしている方だと」

その女性は、ニヤニヤしながらそう話しかけてくれる。

えぇ？　そんな噂になっているの⁉

確かに悠斗さんとお見合いをして、より親しくなったが……。

お付き合いだなんて、まだそんな仲ではないのに……。

余計に意識をしてしまい、頬が燃えそうなくらい熱くなってきた。

すると悠斗さんの父親が、咳払いをしてきた。

「井田《いだ》君。あまり結菜お嬢様をからかわないように。では、結菜お嬢様。息子のところに案内します。息子は、応接室かな？」

「はい、一番の応接室です。依頼人の元宮《もとみや》様とその家族が、お見えになっています。

そろそろ終わるかと」

「分かりました。ありがとう。では、お嬢様。こちらに」

そう言って話を逸らすように案内を再開してくれた。助かったわ。

周りの方もニヤニヤして見ているし。話が逸れて良かったと思った。

事務室を出ると、応接室の前まで連れて行かれる。悠斗さんの仕事は丁度終わったようだ。

家族の人は、何度も悠斗さんに頭を下げて感謝をしていた。

「今日は、本当にありがとうございました」

「いえいえ。また困った事があればいつでも相談に来て下さい」

「はい。このご恩は一生忘れません。本当にありがとうございました」

弁護士として感謝されている悠斗さんの頼りがいのある一面を見る事が出来て、何とも言えずに心臓がドキドキしている。

あんなに感謝されているなんて凄い。人のために働いているなんて素敵だと思う。

すると悠斗さんが気づき、こちらに来てくれた。

「結菜さん、どうしてこちらに？」

「急に押しかけてごめんなさい。これ……お弁当です。普段も忙しそうでしたので、栄養になりそうな物を作ってみました。ついでに……一緒にどうでしょうか？」

何だか自分で言っておきながら恥ずかしくなってきた。

勝手に押しかけておきながら一緒にだなんて、思い切り過ぎただろうか？

忙しいと断られたらどうしよう……。

ドキドキしながら悠斗さんを見上げた。

すると彼は驚いた表情をするも、一瞬で頬を赤く染めていた。

あれ？　どうして赤くなるのだろう？

「あ、ありがとうございます。わざわざ作って持ってきて頂けるなんて。そうですね、そろそろお昼ですし、別のところで食べましょう」

照れた様子でそう言ってくれた悠斗さんに私もつられて余計に照れてしまうが、嬉しくなる。

「はい」と笑顔で返事した。

場所を移動し、休憩室としている部屋で食べることになった。

こちらもブラックのソファーがあり落ち着いた感じのインテリアだった。

悠斗さんは、私にもコーヒーを淹れてくれた。

「ありがとうございます」

とコーヒーが入ったマグカップを受け取る。

悠斗さんは、自分のマグカップを置くと向かい側のソファーに座り、私が作ったお弁当を手に取って蓋を開けた。

いざ、見られると思うと余計に緊張してくる。

形は何とか崩れていないようだが、少し片方に寄ってしまっていた。

「うわぁー美味しそうですね。私の好きなハンバーグも入っているし」

片寄ったお弁当を見ても悠斗さんは気にせずに嬉しそうに声を上げた。

良かった……喜んでくれているわ。内心ホッとする。

「すみません。持ってくる時にお弁当が少し寄ってしまいました」

「いえいえ。それぐらい気にしませんよ。では、いただきます」

悠斗さんは箸を持つと、まず卵焼きに手を伸ばす。

さて、問題は味付けだ。どうかしら？

悠斗さんは、味わいながら食べてくれているようだ。どんな感想を聞けるのか、私はドキドキしながら彼を見つめた。

「味付けは、どうですか？」

「うん、とても美味しいですよ。甘辛い味付けなんですね？　私の母も甘辛い味付けなので、実家の味がします」

「本当ですか？　それなら良かった」

卵焼きの味付けだけは、悩んだから胸をホッと撫で下ろした。

実家の卵焼きも同じ味付けだとは、驚いたが親近感が湧いてくる。

奇遇にも同じで良かった。覚えておこう。

「このハンバーグもいつもながら美味しいですね。昼は軽く済ませる事も多く、忙しくて食べられない時もあるので助かりました。これで、午後からも頑張れそうだ」

嬉しそうに微笑み感想を言ってくれる悠斗さん。

気遣って大げさに言ってくれているのかもしれないが、作って良かったと思った。

それに、確かに私が見る限りでも忙しそうだし、普段からゆっくり食べる時間もなかなかないのだろう。

「あの……またお弁当を作って持って行ってもいいですか？」

「えっ……？」

「ご迷惑ではなかったらですが。会社からも近いですし、自分のお弁当を作るついでに悠斗さんのも作ってお持ちしますが」

「大変嬉しいですが、結菜さんの負担になったりしませんか？」

「だ、大丈夫です。普段自分のも作っていますし……」

本当はいつも社員食堂なのだが、思わずそう答えてしまった。

だって、そうでも言わないと遠慮してしまうだろうから。

すると悠斗さんは、少し照れた表情を浮かべて口を開く。

「それならお願いしてもよろしいですか？」

遠慮しながらもその提案を受け入れてくれた。

「ありがとうございます」

「いや……こちらこそ、ありがとうございます」

「あ、フフッ……そうですね」

お互いにお礼を言い合ってしまいクスクスと笑い合った。

これで、平日の時でも悠斗さんと会う事が出来る。

そう思うとなおさら嬉しかった。


そして私は、出来るだけお弁当を作り悠斗さんの事務所まで届けるようになった。

一緒にお弁当を食べられる事も楽しみだったが、悠斗さんの仕事姿を見られるのも楽しみの一つだった。今日も事務所に向かう。

事務室に挨拶に行くと悠斗さんの居場所を教えてもらう。

「こんにちは～」

「あら、結菜ちゃん。旦那様なら二番の応接室よ。今所長と会議をしているわ。もうすぐ終わるはずよ」

「もう井田さんったら……。でも、ありがとうございます。行ってみます」

井田さんに頭を下げて応接室に向かう。

彼女は悠斗さんと同じ弁護士で女性に関係する控訴を担当していて、かなり優秀な方らしい。私の反応が面白いのかからかってくるが、気さくでいい方だ。お弁当を届けている内に仲良くなった。

内面も素敵で女性としてもカッコいいと思った。

私は、教えてもらった通り二番の応接室に行くと、ドアをノックする。「はい。どうぞ」と返事があったので中に入った。

「失礼します」

あ、居た居た。どうやら今日は、事務所の方だけの会議だったらしい。

そこには、悠斗さんの父親も参加していた。

ホワイトボードの前で悠斗さんが、担当として仕切っていた。まだ終わっていなかったみたいで慌てる。

「あ、結菜さん。いらしたのですね」

「す、すみません。お邪魔でしたか？」

「いえ、もう終わらせるので大丈夫ですよ。座って待っていて下さい」

悠斗さんだけではなくお父様も優しく微笑みながら邪魔したのを許してくれた。

申し訳ないと思いながらも、お父様の隣に座る事にした。

「では、こちらの資料をご覧下さい。右にあるのは、今年の提出された分の売上。そして左が、こちらで調べた売上です」

「ふむ……かなり誤差があるな？」

「はい、その通りです。それに気づいたのは、依頼人で担当だった経理課の木村《きむら》様でした。しかし木村様は、ご自身が疑われると思い、上司に報告せずに自分でお調べになったと本人も申していました。それが、今回の事件の発端になったのかと」

「犯人に逆に利用されたと……」

「はい。犯人は、かなりの知能犯だと思っています。経理課の仕組みを把握し、手口まで、かなり計画的でした。警察も証拠がないと頭を抱えています。しかし私は、不自然な点をいくつか見つけました。それに関しては、後日もっと詳しく調べてから報告します」

悠斗さんは、毅然とした態度で難しい話をしていた。

話の内容は、不正にお金が使われたのかしら？　そして事件が？　何だか凄いわね。

お弁当を持ってきただけなのにも拘わらずいつの間にか、その内容を夢中で聞いていた。まるでドラマみたいだ。

それに悠斗さんの仕事風景をさらに見る事が出来て、とにかく頼もしくてカッコいいと思った。なんて言うのだろうか？

キリッとした切れ長の目で真っ直ぐ前を見て話す姿は冷静沈着で、鋭い観察力と推理力を持っている。優秀な弁護士だ。

確かな証言と納得させるだけのスキルがある。

素人の私でも納得出来、分かりやすい。


しばらくして会議が終わり、一旦事務室に戻ってきた。会議の内容から弁護士の仕事を改めて知れて、凄くためになった。

「悠斗さん。見学させて頂きありがとうございました。凄く勉強になりました」

「いえ、こちらこそ。お待たせしてすみません。勉強になったのなら、何よりです」

悠斗さんは、申し訳なさそうにしながらも微笑んでくれた。

その笑みに心臓がドキッと高鳴る。

私の中で悠斗さんに対する気持ちが、変化していく。

普段子猫達や私が見ている悠斗さんは優しく穏やかな人だが、仕事の時は、冷静沈着でキビキビと働いていて、まるで別人だった。

凄く頼り甲斐があり、カッコいい……。

すると井田さんと他の事務員がクスクスと笑ってくる。

「普段のクールさと今の穏やかな雰囲気が明らかに違う。婚約者のせいですかね？」

「そりゃあ、そうでしょう。婚約者の前では、素になれるものよ。結菜ちゃんだから見せる特別な顔ね」

「なるほど。愛の力ですね」

いつものようにからかわれてしまうが、私はそれを嫌だとは思わなかった。

『特別』

その言葉が嬉しかったからだろう。

彼にとって私は、そんな存在になったのだろうか？

それなら私も同じだ。悠斗さんは、私にとっても特別な人……。

いつの間にか、彼に対して、そんな感情が生まれ始めていた。

私は一緒に過ごす時間の中で、彼に惹かれて行くのを感じていた。胸に秘めた気持ちが少しずつ、けれど確かに大きくなって行く。

悠斗さんは、どう思っているのか分からないけど……。

チラッと悠斗さんを窺い見るが、彼は黙ってそれを聞いていただけだった。

お見合いをした義理などは関係なく、彼の本音を知りたくなった。


そんなある日。いつもの土曜日の午後。

私は、早めに夕食の下ごしらえをして洗濯物をたたむ。

最初は、悠斗さんの下着もあって恥ずかしい気持ちもあったが、今では少し慣れてきた。

と言っても、まだ照れてしまうけど……。

その脇から、ミルキーちゃんがダッシュをして洗濯物の中に入ってきた。

「あ、ミルキーちゃんったら、ダメじゃない!?」

注意すると洗濯物の中から顔を出す。

だがすぐ引っ込め、そしてまた顔を出すのを繰り返していた。

まるで何かのゲームみたいね。私は、クスクスと笑う。

ミルキーちゃんが楽しんでいるようなのでその様子を見ていたら、途中から出てこなくなった。どうしたのかしら？

洗濯物の中を覗いてみると、スヤスヤと丸くなりながら眠っていた。

いつの間にか眠ってしまったわ。洗濯物の中が、ふかふかして気持ちが良かったのね。

するとマロンもこちらに来た。そして同じように洗濯物の中に潜り込んでしまう。

「あらあら、マロンまで……」

「ニャー」

マロンも洗濯物の中から顔を出すとこちらを見て鳴いた。

そして、また潜るとそのまま出てこなくなる。もしや？

先程と同じように中を覗いてみると、モゾモゾと身動きをしながら丸くなっていた。目を閉じて小さな寝息を立て始める。困ったわね。

でも、気持ちは分かるような気がするわ。

今日は、本当に天気が良くて気持ちがいい。絶好のお昼寝日和。

窓からポカポカの太陽の日差しが差し込んでいる。青空を見ていたら私もあくびが出てきた。

「ふぁ〜、私まで眠くなってきたわ」

あくびとともに目尻に涙が浮かび、ちょっとはしたなかったかも、とクスッと笑う。

少しぐらい横になってもいいかしら？

そう思い取り込んだばかりの布団の上に寝そべってみた。

太陽を浴びたせいか、ふかふかしていていい匂いがしていた。

柔らかな布団の感触を楽しんでいると、何だか眠たくなってきた。

寝ては、ダメ……。

そう自分に言い聞かせるが、重たくなったまぶたが自然と閉じていく。

私は、夢を見ていた。一戸建ての家のお庭で、小さな男の子がはしゃいでいる。

そこには、マロンの他にショコラちゃんとミルキーちゃんも居て、一緒に仲良く遊んでいた。可愛い……。

それを見守る私の隣には、顔が光でよく見えないが男性が居た。

誰……？

その男性は、優しく口元を緩ませると私の肩を優しく抱く。

誰なのかは分からないが、何故かあたたかい気持ちがこみ上げた。

この人は、もしかして……？

そう思ったところでふと意識が浮上する。あれは、夢……？

「あ、目を覚まされましたか？」

えっ？　驚いて起き上がると、悠斗さんは私服に着替えを済ませた状態でリビングに入ってきた。いつの間に帰ってきたの？

「悠斗さん。えっ？　もうお帰りに……」

辺りを見ると電気がついて明るくなっていた。

もしかして!?

窓の方を見ると、外がいつの間にか暗くなっていた。

嘘っ？　そんな時間まで眠っていたの!?

「帰ってきたら、よく眠っておられたので」

「すみません。こんな時間まで眠ってしまって。今すぐ夕食の支度を……」

「いえいえ、大丈夫ですよ。それよりも良かったですね？　より仲良くなって」

「えっ？」

悠斗さんは、クスッと優しく微笑みながらそう言ってきた。

より仲良く……？　私は、分からず首を傾げた。
「布団のところを見て下さい」
布団のところ？　眠っていた布団を見てみると……。
あれ？　いつもは近づいて来ないはずのショコラちゃんが、そこに居た。
私のすぐ近くで、寝息を立ててスヤスヤと丸くなりながら寝ている。
ショコラちゃん……。
あんなに怖がっていたのに、まさか近くで寝てくれるなんて。
マロン達を見て羨ましく思って来ただけかもしれないが、とても嬉しかった。
それでも私に近づこうとしてくれた証拠だから。
ショコラちゃんは、警戒心が強いからなおさらだ。
私がジーンと感動をしていると、悠斗さんがこちらに来てくれた。
「きっとショコラなりに結菜さんを受け入れ始めたのでしょうね」
そう言いながら隣に座り、優しい表情でショコラちゃんを見ている。
その表情を見て、先程の夢に出てきた男性は悠斗さんではないかと思えた。
雰囲気が似ている。ううん、そうであってほしいと強く願った。
私は、溢れる気持ちを抱きながら悠斗さんを見つめる。

すると悠斗さんは、彼に視線を向けていた私に気づいた。

「どうかなされましたか？」

「あ……いえ。ショコラちゃん達可愛い寝顔ですよね。あ、あとブランケットありがとうございます」

よく見たら肩に、ブランケットが掛けられていた。冷えないように掛けてくれたのだろう。

その行動から悠斗さんの優しさが伝わり嬉しくなった。

悠斗さんは、少し照れながらもニコッと微笑んでくれる。

「どういたしまして。今日は、天気も良かったし、疲れていたのでしょう。夕食の支度の続きは、私がしておきましたので、今から夕食にしましょう」

そう言い立ち上がろうとしたとき。

あ、まだ行かないで！

私は、咄嗟に悠斗さんの服の裾を摑んで引っ張った。

「ま、まだ行かないで下さい」

悠斗さんは、驚いて私を見る。私自身も自分の行動にびっくりして目を丸くしてしまった。

引き寄せてしまったせいかお互いの顔の距離が近くなる。頬を火照らせた私と同様に、悠斗さんの顔も赤くなっているように見えた。

私は、恥ずかしい気持ちを隠すように俯く。どうしよう……。

すると悠斗さんは、そのまま黙ってそこに座ってくれた。

「なら、もう少しだけ……」

「は、はい」

なんて恥ずかしい行動をしたのだろう。

私達はしばらくその場に座って子猫達を見守ることにした。

だが、さっきよりも二人の距離は近くなっている気がする。

そのせいか、ふとした拍子に手が触れてしまう。あっ……と思い手を引っ込めようとした。

しかし悠斗さんは、私の手を握ってきた。えっ……？

思わず悠斗さんを見つめると、真剣な目を真っ直ぐこちらに向ける彼と目が合う。

私はその瞳に捉えられ、胸をドキッと高鳴らせた。

その目に吸い込まれそうになり、逸らすことも出来ない。悠斗さんの目は、まつ毛が長くてとても綺麗……。

そんな風に考えながら見つめていると、どちらともなく近づいていく。

そして目を閉じると軽く触れるようなキスをした。

唇が少し離れるが、名残り惜しいのか、また重ねてくる。甘いキスに酔いしれそうになった。

何度もキスをしていると悠斗さんが、首筋に唇を落としてきた。

ドキドキしながらも、それに応えていると何だか視線を感じる。

不思議に思い、その視線の先を見ると眠っていたはずの猫達だった。

ショコラちゃんはまだ寝ているけど、二匹がこちらを見ている。

悠斗さんもその視線に気づいたようで私達は、慌てて離れた。

わ、私ったら何を始めようとしていたの⁉

お互いに我に返ると、今の出来事を思い出して身体中が熱くなる。

思わず雰囲気と流れで、とんでもない事をしようとしていた。

悠斗さんも自分自身に驚いたのか耳まで真っ赤になっていた。

「す、すみませんでした。見つめていたら……その。あまりにも可愛くてつい……」

「か、可愛いだなんて……そんな」

可愛いと言われて驚いてしまった。どう反応したらいいか分からず戸惑ってしまう。

ただお互いに恥ずかしがっているのは分かる。

私もかなり真っ赤になっているだろう。自分でも分かるぐらいに身体中が火照っていた。

「あ、あの……急用を思い出してしまいました。今日は、このまま失礼します」

私は、恥ずかしさのあまり、逃げ出したい衝動に駆られた。

動揺し過ぎて悠斗さんとまともに目を合わせられない。

慌ただしくマロンをキャリーバッグに入れると、片手に上着を持って立ち上がる。

そして玄関まで行くとパンプスの靴を履いた。

「では、失礼します」

私は、頭を軽く下げると部屋を出ようとした。しかしその時。

「ま、待って下さい」

悠斗さんが、私の腕を掴み、引き止めてきた。

「あ、あのう……」

「私は、結菜さんの事が好きです」

戸惑う私の言葉を遮るように悠斗さんはそう言ってきた。

「えっ……？」

「突然の告白……すみません。でも、どうしても今言わないときっと後悔すると思いまして。私との婚約の話を前向きに考えて下さい。猫好きで、こんなに話が合う人は初めてでした。恋愛に対して不器用な私にも優しく笑ってくれて、あなたと一緒に笑える事に喜びを感じていました。私は、そんな結菜さんが好きです」

耳まで真っ赤にさせて私にプロポーズをしてくれた。真剣な彼の様子からは、必死に私に想いを伝えようとしてくれているのが分かる。

「いきなりで驚かれたでしょう。自分自身の行動に私も驚きましたが、気持ちに嘘はない。私は、結菜さんと気持ちを確かめ合いたい」

悠斗さんは、自分の気持ちを正直に話してくれた。

目線を下に向けると、悠斗さんの手は小刻みに震えていた。頬を赤く染めて、慣れない告白に緊張しているのだろう。

彼の純粋さと一生懸命さが、私の心を揺り動かしていく。

悠斗さんが、初めて自分の気持ちを告白してくれたからだ。

心の底から嬉しいと思えた。隠していた悠斗さんに対する気持ちが溢れてくる。私も同じ気持ちだと言いたくなるぐらいに。

私は、頬を熱くさせて小さく頷いて見せる。

承諾の意思を汲んだ悠斗さんは、私を抱き締めた。お互いの心臓の音が、聞こえてきそうだ。

悠斗さんの手は、まだ微かに震えている。なのに、彼のぬくもりを感じ涙が出そうになった。

瞳を潤ませていると悠斗さんは、私の耳元で……。

「今日泊まって行きませんか？」

と言ってきた。

えっ？　気持ちを確かめ合いたいとは、確かに言われた。それは、そういう意味なのだろうけど……。

改めて悠斗さんの口から言われると思ったよりも驚いてしまった。身体を離して悠斗さんを見る。

彼は、耳まで真っ赤になっており、勇気を出して言ってくれたのだろうと思う。それが何とも言えないほど、愛しいと思えた。

悠斗さんは、恐る恐る手を差し出してきた。その姿に心臓が、大きく高鳴る。

やっぱり私は、悠斗さんが好き……。

その気持ちに嘘はなかった。悠斗さんとそれ以上の関係になりたい。

「……はい」

勇気を出してその手を取った。

私の震える手を悠斗さんは、優しく、そして力強く握り返してくる。

男性の家に泊まることは、実は初めての経験だった。

恋愛に憧れて恋もした事はあるが、これほど強く惹かれた事はない。

淡い気持ちを抱いた程度だったから、刺激的だった。

「あ、泊まるつもりはなかったから、何も用意して来なかったわ」

「私ので良かったら貸します。歯ブラシは予備もありますし、必要な物があれば、コンビニかドラッグストアで買って来ますよ」

「それなら……一緒に」

悠斗さんにお願いして一緒にコンビニに買いに向かった。

私がそこで買った物は、替えの下着とメイク道具。そして他にも必要な物を購入した。

マロン達には、その間お留守番をさせていた。

そして帰り道、私達は自然と触れた手を繋ぎ歩いた。

お互いに照れている姿を見た人には、きっと付き合ったばかりの初々しいカップルに見えるだろう。間違っていないけど……。

私は、悠斗さんをチラッと見る。すると彼は気づいて頬を赤くさせながらもニコッと微笑んでくれる。

その優しい微笑みに私は、この人と巡り会えて良かったと思えた。

悠斗さんの自宅に戻ると私は、先にシャワーを浴びさせてもらう。

人様の自宅のシャワーを使わせてもらうのは、初めてで緊張するわね。

ドキドキする鼓動を抑えながらシャワーを浴び、用意してもらったバスローブを羽織る。

マロンは、お風呂のそばでいつものように待機していた。

猫は、主人のお風呂の出待ちをする事が多い。

浴室に興味があるのもそうだが、洗って自分の匂いが消えてしまうため、再度つけようとする猫の習性らしい。うん？

このバスローブは、自分には大きい。悠斗さんは、身長も高いから……。

一八〇センチ以上はあるだろう。その上スタイルもいい。

悠斗さんのお父様もそれぐらいありそうだから遺伝だろう。

そう考えると五十嵐家の遺伝は、本当に凄い。そんな方が、私の婚約者なのだ。凄いと思う反面、少し不安にもなった。弁護士をしていて、高身長でスタイルがよくカッコいいから、彼と一緒になりたい女性ならいくらでもいるだろう。両想いになってもいろんな女性が言い寄って来るのでは？　と余計な事を考えてしまった。その中に綺麗な女性もいるかもしれない。

ふと洗面台にある自分の顔、そしてスタイルを見る。これが、私……。

身長は、一五七センチで平均くらい。スタイルも普通。

暗めのダークブラウンで肩ぐらいまであるストレートロング。目は大きい方だと言われる。見た目は、自分でもよく分からない。

周りの大人達には、美人だとか、将来が楽しみだとか言われて育ったが、大人になり考えると上辺だけのお世辞だろうと思うようになった。

もっと綺麗な女性は、たくさんいる。周りが私を持ち上げていたのは、私の父親に気に入られるためだろう。

学生時代もそこまで注目を浴びる存在ではなかった。

「あれ？　それってどうなの？」

何だか自分が、大した事のない人間に思えてきた。

いや……凄い人間でもないけど……。
悠斗さんの存在について考えれば考えるほど、自分の存在に疑問を覚え始める。
本当に私でいいのだろうか。悠斗さんみたいな素敵な人の相手が私で。
不安になっているとドアの外から鳴き声が聞こえてきた。
「ニャーニャー」
と小さな声で鳴いて、ガリガリと爪でドアを開けたがっているようだ。
その声は、ミルキーちゃん？
すると悠斗さんの声も聞こえてきた。
「こら、ミルキー。そんなところに居たら邪魔になるだろう？」
あ、悠斗さん……。
その声を聞いて胸が締め付けられた。
戸惑っていた私とは裏腹に、悠斗さんはドアをノックしてきた。
「結菜さん？　あまりにも遅いので心配になって来ました。大丈夫ですか？」
ビクッと思わず反応してしまう。ど、どうしよう。
突然渦巻いた不安な気持ちのせいで、私はその場に佇んで動けなくなってしまった。
するとマロンが、ミルキーちゃんと同じようにドアをガリガリと開けたがる。

「ニャーニャー」

と鳴きながらこちらを見た。

確かにいつまでもここに居る訳にもいかない。

マロンに言い聞かせられるように私は、ドアを恐る恐る開ける。

悠斗さんは、ショコラちゃんを抱っこして立っていた。足元では、ミルキーちゃんがマロンとの再会を喜ぶようにじゃれついていた。

「結菜さん、大丈夫ですか？　顔色も悪そうですが……もしかして泊まる事が不安になりましたか？」

「えっ……？」

不安を言い当てられ驚いてしまった。どうして分かったの？

悠斗さんは、優しく微笑むとショコラちゃんを床に降ろす。

そして私の手を握ってくる。彼のあたたかな手の感触に、心臓がドキッと高鳴った。

「慣れない事に不安にもなるでしょう。私も同じです。焦らなくてもいいので、少しずつゆっくり進んで行きましょう」

「……はい。あ、でも……」

「どういたしましたか？」

これを本人に伝えてもいいのかと悩んだ。彼を困らせないかしら？　どうしたら気持ちを上手く伝えられるだろう。手に思わず力が入る。

するとと悠斗さんは、私の悩みに気づいたのか優しい口調で「私が初めて見た時の結菜さんは、とても輝いて見えましたよ？」と言ってくれた。驚いて思わず顔を見上げる。

「えっ……私が？」

「はい、社長令嬢として立派に役割を果たしていて尊敬していました。私も同じ、恥じないように接していましたが、本当は心臓がバクバクしていました。なので余計に上手く話せなくて。お見合いの話を頂いた時は、夢かと思ったほど。しかし言った通り、恋愛には不慣れで……お見合い当日もやっと出てきた話題がペットの話でした」

あ、だからあの時、あまり話はしなかったけれどペットの事を聞いてきたのね？

あれが、悠斗さんの事を知りたいと思うきっかけになった……。

「あなたの笑顔は、人を優しく照らしてくれる。だから、もっと自分に自信を持って下さい。私は、どんなあなたも大切に思っていますよ」

悠斗さんの優しい言葉に涙が出てきた。不安になっていた気持ちがスッと消えていく。

彼は、涙を流す私をギュッと抱き締めてくれた。悠斗さんの体温が、服越しに優しく伝わってくる。

「私も今は、ドキドキしています」

本当だ……ドキドキと心臓の音が聞こえてくる。

悠斗さんが同じ気持ちなのだと知り、くすぐったくて嬉しい気持ちになった。

戸惑っているのは私だけじゃないのか。

悠斗さんの顔を見ると頬を赤く染めながらも微笑んでくれた。

自分も口元が緩み、笑顔を取り戻していく。

お互いを見つめ、吸い寄せられるように自然と顔を近づけた。

唇が重なり合う寸前で、下から視線を感じ慌てて離れる。

悠斗さんと一緒にそちらへ顔を向けると、マロン達がまん丸な目でこちらを見ていた。

「わ、私もシャワーを浴びて来ますね」

「は、はい。なら私は、リビングに……」

お互いに狼狽えながら移動した。心臓がまだドキドキと高鳴っている。

リビングに向かうと、自分を落ち着かせるためにコンビニで購入したミネラルウォーターをゴクゴクと勢いよく飲んだ。ふぅ……と飲んだ後に息を吐く。

チラッと周りを見るとマロンしか来ていなかった。

どうやらミルキーちゃんとショコラちゃんは、悠斗さんのそばに居るようだ。

ソファーに座った私は、膝の上に乗ってきたマロンを撫でながら先程の悠斗さんとのやりとりを思い返していた。

不安に思っているのは、私だけではない。そう思ったら自然と気持ちが楽になった。


その後、悠斗さんは、シャワーを浴びて戻ってきた。

シャワーを浴びた悠斗さんは、髪を下ろしていた。普段の七三分けと違い年齢よりも若く見える。いつもの冷静沈着でクールな印象よりも柔らかい感じがして素敵だった。

これから彼との間に起こるであろうことに緊張していた私は、彼から漂う色気とカッコ良さに、さらにドキドキしてしまう。

そしてお互いに照れながらも一緒に寝室に向かった。ベッドの上で悠斗さんとキスをする。マロン達には悪かったけれど、猫が入って来ないようにドアを閉めたため、今度は誰にも邪魔されない。

想いを確かめ合うようなキス。そのキスは、最初は優しいキスだったが、何度も重なる内に熱いものになっていく。

そのうちに真剣な表情の悠斗さんが私を押し倒し、覆い被さってきた。

彼は私を気遣い、配慮して進めてくれた。

その反面、意外にも情熱的で私を離そうとせず、私は途中で意識をなくしてしまった。

第五章・重なる想い。

次の日の朝。カーテンの隙間から漏れた太陽の光で目を覚ます。

ぼんやりする目を擦り、起き上がろうとする。すると鈍い痛みが、下半身からしてきた。いたっ……。

どうして？　と思いながら辺りを見ると見慣れない寝室だった。

私は、その瞬間、昨日の事を思い出した。

「あ、そういえば、悠斗さんの自宅に泊まったんだったわ!?」

一気に記憶が蘇ると、赤面するぐらい恥ずかしくなってくる。

わ、私……悠斗さんと一夜を共にしてしまった。まるで夢を見ているような気持ちになっていたが、痛みで鮮明に思い出す。

改めて自分の姿を確認すると、私は生まれたままの格好になっていた。

あぁ、今思い出しただけでも身体中が火照りそうになるぐらいに熱くなってくる。

身悶えながら頬に手を添えた。悠斗さんはもう起きているのか、寝室に姿はなかった。顔もイケメンで、背も高くスタイルもいいのに意外とたくましいだなんて。

引き締まった身体に無駄のない筋肉と、そして溢れる色気。

その身体を目の当たりにしたときには、すべてを持って行かれたような気分になった。

未だに収まらない気持ちを必死に落ち着かせようとしていると、少し開いたドアの隙間から、マロンがひょこっと顔を覗かせた。

「ニャー」

と嬉しそうに鳴き、しっぽを振っている。

「マロン。こちらにいらっしゃい」

私がニコッと微笑むと、マロンは走って来てベッドの上にジャンプする。

猫の身体能力は高い。あっという間にこちらに来ると、私にスリスリと身体を擦りつけてきた。

私は、優しくマロンの頭を撫でてあげた。ゴロゴロと喉を鳴らす。

「マロン、おはよう。昨日は、締め出してごめんなさいね」

「ニャー」

可愛く鳴きながら、さらにしっぽを振ってこちらを見上げた。まるで「いいわよ」と言われているようだ。

しばらく頭や身体を撫でていたら今度は、ミルキーちゃんが入ってきた。

「あら、次はミルキーちゃんね。おはよう」

ミルキーちゃんに挨拶をすると鳴きながらこちらに来る。

マロンと同じようにジャンプするのだが、若干高さが足りなかったようだ。

ベッドの布団にぶら下がると、よじよじと登ってくる。

その姿が、また可愛らしいこと。何とか登り切る。

そして私も撫でてと言いたそうに、こちらに近づいてきた。

「ニャーニャー」

としっぽを振って……。

「はいはい。ミルキーちゃんもね」

私は、優しく微笑むと頭を撫でてあげる。

ミルキーちゃんは、もっともっとと言いたそうに手に頭を擦りつけてきた。

この子は、本当に人懐っこくて可愛らしいわね。

クスクスと笑いながらドアをもう一度見る。そこにショコラちゃんが居たりして。

と思ったら本当に居た。相変わらず警戒しているのか、ドアで半分顔と身体を隠していたが……。だから、見えているわよ。

「ショコラちゃんもおはよう」

私は、苦笑いしながらも挨拶をしてみる。するとビクッと身体を跳ねさせた。だが、珍しく逃げない。

「ニャー」

と答えるように鳴いて反応してくれる。

あら、嬉しい。ちゃんと挨拶をしてくれたわ。いつもなら逃げちゃうのに。

またまた進歩したことに、私は喜んだ。

そうやって猫達とコミュニケーションを取っていたら、ドアが開く。

悠斗さんが、寝室に入ってきた。

「おはようございます、目を覚まされたのですね？　あの……お身体の方は、大丈夫ですか？」

お身体……？

その言葉を聞き、さっきまで忘れかけていた事を思い出した。

しかも今は、生まれたままの格好だ。

私は、慌てて身体を布団で隠す。きゃあ！　恥ずかしい。

悠斗さんも恥ずかしいのか、頬を赤く染めて目線を逸らしていた。

あぁ、穴があったら入りたい……。

猫達に夢中で恥ずかしい姿を晒すなんて……。

「あ、大丈夫です。ちょっと痛みますが……」

「昨日の今日ですからね。無理をなさらないで下さい。シャワーを浴びられるならどうぞ。朝食の準備なら、もうすぐ出来ますが、無理そうなら、ここまで運びますが？」

「あ、だ、大丈夫です」

私は、慌てて出来ると答える。

悠斗さんは私の狼狽えた様子につられたように頬を赤く染め、苦笑いしていた。

「そうですか。またバスタオルは、自由に使って下さい。私は、リビングで用意して待っていますので」

「はい、ありがとうございます」

悠斗さんはそう言うと寝室から出て行った。ショコラちゃんも彼の後を追いかけた。

私は、ハァッ……と深いため息を吐いた。は、恥ずかしかったわ。

今日が日曜日で良かった。仕事を休まなくても良い日だ。

正直、このまま仕事に行くのはキツかった。まだズキズキして仕事どころではない。

するとマロンは、心配そうに鳴くと私を見てきた。

「マロン、大丈夫よ。さぁ、着替えて行きましょうか？」

ニコッと微笑むとマロンの頭を撫でてあげた。

さて、と思いベッドから立ち上がろうとすると、ミルキーちゃんがベッドの上で仰向けになって寝ていた。

どうやらマイペースな子のようだ。呆れながらもクスッと笑う。

そして痛く気だるいのを我慢してバスローブを羽織ると浴室に向かう。

シャワーを浴びると、サッパリした状態でリビングに向かった。

リビングでは悠斗さんが、朝食の準備をして待っていてくれた。

「うわぁー美味しそう」

「座って下さい。朝は、パンで大丈夫でしたか？　女性の好きそうなフレンチトーストにしてみたのですが」

「は、はい。私の家も朝は、パンです。フレンチトーストも好きです」

「それなら良かった。実は、サンドイッチやフレンチトーストは私も好きでして」

悠斗さんは、コーヒーを淹れながらそう話してくれた。意外……。

てっきり朝食は、ご飯ものが好きだと勝手に思っていた。ハンバーグやオムライスが好きなことから、ご飯系が特に好きだろうと勘違いしていたのだ。

きちんと話してみないとその人の良さや好みが分からないものだ。

悠斗さんと接しているとなおさらそう思えてくる。

出来たばかりの朝食を見る。フレンチトーストの他にもカリカリに焼いたベーコン。それとスクランブルエッグにツナサラダもあった。

「では、いただきます」

私は、早速フレンチトーストにメイプルシロップをかける。

フレンチトーストは、卵、牛乳、砂糖、バニラエッセンスを混ぜて卵液を作り食パンを浸して焼いたものだ。

ナイフとフォークを手に取るとフレンチトーストを食べてみる。

うーん、凄く美味しい……。

外は、カリッとしていて、中身はトロトロで美味しかった。

その上メイプルシロップの甘味が、よりフレンチトーストの美味しさを上品に引き出している。

この前の手際を見て悠斗さんが料理上手だとは思っていたが、もしかしたら私より上手いのかもしれないと思えてきた。忙しくてあまり作れないだけで。

「どうですか？　味の方は？」

「とても美味しいです。外はカリカリなのに、中身はトロトロで。毎朝でも食べたいぐらい」

途中で言うのをためらった。毎朝って……それだと悠斗さんと一緒に毎日朝食をとりたいとも聞こえる。深い意味はないのに。

すると悠斗さんもそれに気づいたのか、頬がほのかに赤くなっていく。

「そ、それなら良かったです。食べた後、どうしますか？　お帰りになるならお送りしますが」

「えっ？」

この後と言われても何も考えてなかった。そのまま帰って着替えもしたいが、まだ悠斗さんと一緒に居たいと強く思う自分もいる。

「あの……まだここに居たいです」

やはり、まだ帰りたくない。せっかくの日曜日なのだ……もう少しだけ。

「でしたら、この後。ＤＶＤとかどうでしょうか？　自宅で楽しめるように、何枚か持っているのですか」

「あぁ、いいですね。マロン達も居るから出かける訳にもいかないし」

せっかくの日曜日なのにマロン達の相手が出来ないのは、可哀想だ。

ＤＶＤなら部屋でくつろげるから丁度いいだろう。

食べ終わった食器を片付けてからリビングにある大型液晶テレビで観る事にした。

選んだ作品は、悠斗さんお薦めのラブサスペンスものだ。

男性主人公が、一人の女性と関わった事で事件に巻き込まれ命を狙われるらしい。

映画のムードを再現するためにカーテンを閉めて部屋を暗くする。

私と悠斗さんは、隣同士でソファーに座った。

ミルキーちゃんの姿が見当たらないが、マロンとショコラちゃんは、ソファーの下で遊んでいた。

映画が始まると最初は、ハラハラドキドキしながら観ていたが、まだ気だるさが残っていたためか、ウトウトしてくる。

そういえば、初めてデートした時も映画だったわね。

あの時は、隣に居る緊張で悠斗さんの事ばかり見ていて映画の内容がまったく入って来なかった。

今も少し緊張するが、それよりも安らぎと幸せを感じるようになっていた。

不思議なものだ。そんな風になるなんて前の私なら考えられなかった。

まるで、これも夢を見ているかのよう。

私は、幸せを抱き締めながら重たいまぶたを静かに閉じた。


それから何時間経ったのだろうか？

左隣に居る悠斗さんの肩にもたれながら眠ってしまったらしい。

隣を見ると悠斗さんまで眠っていた。それだけではない。

マロンは私の右隣。ショコラちゃんは、悠斗さんの左隣で眠っていた。

ミルキーちゃんもいつの間にか、こちらに来ていたみたいだ。

そして悠斗さんの膝の上をちゃっかりキープしている。

知らない間に全員集まって寄り添っていた。

私は、その姿を見てフフッと笑みがこぼれてしまう。幸せだなぁ……。

すると悠斗さんが、目を覚ました。

「あ、いけない。つい寝てしまった」

「よく寝ていましたね。という私も先に寝てしまいましたが」

私は、クスクスと笑いながらそう言った。

「いやぁ……お恥ずかしいです。昨日は、あまり寝られなかったので」

「えっ……あまり眠れなかったんですか？」

「あ、はい。昨日は、興奮し過ぎてなかなか寝付けませんでした」

興奮……それって……。

昨日の事を思い出して頬を熱くさせる。

「映画終わってしまいましたね。今、何時なんだろう？」

悠斗さんはミルキーちゃんを抱きながらソファーから立ち上がると、窓の方に行きカーテンを開けた。

うっ……眩しい。

目に飛び込んできた太陽の光が眩しくて目を細める。

ミルキーちゃんも鳴きながら目を覚ましてしまった。マロンとショコラちゃんも同じだった。

「あ、もう十二時ですね。お昼は、どうしましょうか？」

えっ？　もうそんな時間になってしまったの？

悠斗さんと過ごすと、本当に時間が過ぎるのが早い。あっという間に午前が終わってしまう。

「あの……良かったらお昼ご飯は、私が作ります」

朝は作ってもらったし。私は、慌てて立ち上がった。

「いや……私がやりますよ。結菜さんは、まだ身体が辛いと思いますので座っていて下さい」

「フフッ……ご心配ありがとうございます。身体の方は十分休ませて頂いたので、もう大丈夫です」

朝は本当に辛かったけど、さっきまで寝ていたせいか大分マシになってきた。昼食を作るぐらいなら出来る。

しかし悠斗さんは、それでも心配そうな表情をしていた。

「私も手伝います。何でも仰って下さい」

「それならお願いしようかしら……」

せっかくならと昼食作りの手伝いをお願いをする事にする。

キッチンに向かうと冷蔵庫を開けて何を作ろうかと考えた。

そうだわ、悠斗さんの好きなオムライスにしよう。

「お昼は、オムライスとかいかがですか？」

「あ、いいですね。オムライスは、好きです」

悠斗さんは、喜んで賛成してくれた。

私は、その様子にクスクスと笑いながら材料を冷蔵庫から出した。

鶏肉と玉ねぎとマッシュルーム……あとグリーンピース。

悠斗さんに玉ねぎのみじん切りを任せている間に私は、サラダを作る事にした。

野菜を用意しながら悠斗さんをチラッと見る。

やはり料理を作れる人だ。玉ねぎを手早くみじん切りにしていた。

トントンとリズム良く切っていく姿は、弁護士というよりも料理人っぽい。

冷静沈着でクールに見える悠斗さんは、もしかしたら器用になんでもこなすタイプなのかもしれない。

似合うような似合わないような……。

悠斗さんに視線を向けていると、彼は玉ねぎが目に染みたのか、瞳を潤ませていた。

「悠斗さん、涙目になっていますね」

「あっ……本当だ。気づきませんでした」

悠斗さんは、苦笑いしながら涙を拭っていた。

私はその姿が可愛いと思いながら、クスクスと笑う。

サラダの用意が終わった私は、フライパンでバターを溶かして玉ねぎを炒める。透き通ってきたら鶏肉とグリーンピースを混ぜて炒めた。具材に火が通ったらご飯を入れ、そしてケチャップを加えた。

あと塩とコショウを少々。混ぜたらケチャップライスの完成だ。

次は、卵の方を作ろう。次の作業に取りかかろうとしたその時だった。

「ニャーニャー」

とミルキーちゃんが、鳴きながら寄ってくる。

そして悠斗さんの足にしがみついた。

「ミルキー。今、料理中だから我慢しなさい」

しかし遊びたい気持ちが我慢出来ないミルキーちゃんは、悠斗さんの足にしがみついてくる。

落ちそうになっても諦めずに登ろうとしている。

私は、慌てて短い足を必死にバタバタさせて鳴いている。

小さくて短い足を必死にバタバタさせて鳴いている。

「結菜さん。すみませんが、しばらくミルキーを抱いていて下さい。その間に作ってしまうので」

「は、はい」

私は慌てて返事をすると、悠斗さんはニコッと笑い料理を再開させた。

「ミィ……」

その間私が抱いているのだが、ミルキーちゃんは彼に構ってもらえずしゅんと落ち込んでいた。可哀想になり私は苦笑いしながら頭を撫でてあげる。

悠斗さんもそんなミルキーちゃんの様子を見て苦笑いしながら卵を割る。ボウルに入れた卵を溶くと、フライパンを温めてバターを溶かして、溶いた卵を入れた。

菜箸で、真ん中に寄せるようにかき混ぜ、火から離すと手前に折りながら素早くフライパンをトントンと叩いて形を整えた。見事に綺麗なオムレツが完成。

「うわぁー悠斗さん上手ですね」

思わず拍手をしたいぐらいに綺麗だ。

悠斗さんは、照れながらもお皿に移しておいたチキンライスの上にオムレツをとじ目を上にして乗せる。

そこをなぞるように包丁で切れ目を入れてチキンライスに覆いかぶせると……。

美味しそうなトロトロの半熟オムライスの完成だ！

「凄ーい。プロのオムライスみたいです」

自分でもこんなに綺麗に作るのは、至難の業だ。

それを簡単にやってしまうとは……悠斗さんは、何でも出来るのね。

私は、尊敬の眼差しで悠斗さんを見ていた。

「コツさえ摑めれば、誰でも綺麗に出来ますよ」

「それが、難しくて……」

「なら私が、お教えします」

難しい顔をする私ににっこりと微笑んで、悠斗さんはコツを教えてくれた。

悠斗さんにミルキーちゃんを預けると、手を洗い、指示を聞きながら私も挑戦してみる。

整える時に手首に彼の手が添えられて、心臓がドキドキと高鳴った。

「あ、悠斗さんほどではないけど、上手く出来ました」

「さすが結菜さんですね。もうコツを摑むなんて」

「いえ……悠斗さんの教え方が上手いからですよ」

お互いに褒め合っている。それが、何だかくすぐったい。私は、頰が緩むのを必死に我慢する。

そして使ったキッチン用品を片付けると悠斗さん特製オムライスを早速食べてみた。

私は、悠斗さんが作った方のオムライスを食べた。

「うーん。卵がトロトロで美味しいです」

お世辞や冗談抜きで、本当に美味しかった。

半熟のオムレツがトロトロで、頬が落ちそうになる。

まるで何処かの洋食のお店で食べているようだ。

「そんなに喜んでもらえて私も嬉しいです」

悠斗さんは、クスクスと笑いながら私の作ったオムライスを食べた。

どうかしら？　教えてもらった通りには、出来たけど……？

「うん。こちらもトロトロで私の好きなオムライスになっていますね」

「本当ですか？」

「えぇ、本当に美味しいですよ」

「それなら良かったわ」

私は、ホッと一安心する。微笑み合いながら昼食をとっていた。

これが新婚生活なら、どんなに幸せだろうと思った。ずっと続いてほしいと思うほどだった。

しかし、そんな幸せな日常にある試練が訪れる。

第六章・辛い試練。

それは、数日が過ぎた頃。私と悠斗さんは、親に交際が順調であることを伝え、結婚の準備を少しずつ進めていた。

と言っても悠斗さんは、仕事で忙しい事が多い。

なかなか一緒に式場に見学に行くのもままならなかった。

なので私が中心に打ち合わせに行き、写真やオンラインで様子を伝える。

悠斗さんには、それを見ながら意見や希望を言ってもらった。

今日も悠斗さんに自宅に残ってもらい、私はオンラインで衣装合わせをした。

画面にも見える位置でウエディングドレスを着て披露する。

「そのドレスにしてみたらいかがでしょうか？　さっきのドレスより、結菜さんの華やかさが出ていますね」

「そうですか？　なら、これにしようかしら？」

悠斗さんは、何でも褒めるので決めるのが大変だ。

散々悩みながら、結局悠斗さんの希望したドレスにした。

白いウエディングドレスなのだが、バラのレースがふんだんに使われていてお洒落だ。サイドや後ろは、ショコラちゃんの首についたリボンと同じ薄ピンク色のグラデーションになっている。疲れたので、式場のホテルにある喫茶店でお茶にする事に。

その間もオンラインで悠斗さんとお話をしていた。

時々ミルキーちゃんが、画面に現れて邪魔してくるが……。

「ミルキー。そこに居ると、私が見えないだろ？」

画面が、ミルキーちゃんのドアップになる。近過ぎよ……ミルキーちゃん。

苦笑いしていると悠斗さんがミルキーちゃんを画面から離し、咳払いする。

「あの……こんな時に言うものではないのですが、この子達について話したい事が。実は、来週の金曜日に避妊手術の日が決まりました」

「えっ!? 避妊手術ですか……？」

ミルキーちゃんとショコラちゃんの避妊手術の日が正式に決まったらしい。

よほど理由がない限りは、避妊手術をするのが望ましいとされている。

それは、望まない妊娠を避けるためでもあるが、発情期のストレスや、子宮関係の病気の確率を下げる役割もあるからだ。

「はい。この間、かかりつけの動物病院で相談しながら決定しました。本当は六ヶ月の時にしたかったのですが、二匹ともあまりにも怖がるので少し様子を見て、そろそろだと言われました」

「……そうですか」

ミルキーちゃんとショコラちゃんは、今月で七ヶ月目になった。

時期的にも、そろそろ決断を出さないといけないだろう。

避妊手術は、基本的に危なくない手術とされているが、初めての入院。

それにお腹を開けての手術のため可哀想に思えてくる。

猫達も慣れない入院で主人から離されて不安がったりする。

我が家は、マロンが六ヶ月の時に経験させていた。

あの時は、普段大人しいマロンも恐怖と寂しさで必死に鳴いて怯えていた。

今でも思い出しただけで、涙が出そうになるぐらいだ。

今度は、ミルキーちゃんとショコラちゃんの番か。

考えただけでも胸が締め付けられる思いだ……。

悠斗さんも心配そうな表情になっている。前の私と同じだ。

「あ、でも大丈夫ですよ。マロンも経験していますが、現在とても元気ですし、入院と言っても一日だけの手術ですから」

避妊手術を経験した猫の飼い主として、悠斗さんを励ました。彼は、ニコッと笑みを浮かべてくれたが、どちらかというと自分で自分を励ましているかのようだった。

うん……きっと大丈夫よ。

「ご心配ありがとうございます。とりあえずミルキーとショコラは、不安になるでしょうから、色々備え調べておきます。結菜さんも経験者としてアドバイスを頂けたら嬉しいのですが」

「それはもちろん。私の出来る事は、協力します」

「心強いです。ありがとうございます」

悠斗さんは、微笑みながらお礼を言ってきた。きっと不安だろう。私が支えてあげないと……。

そう思いながら自分なりにもう一度避妊手術の事を調べる事にした。

そうしたら成功の一方で、良くない事例や具合が悪化する事もあると分かる。

余計に不安になるだけだった。

マロンの時は、よく決断を下せたものだと自分でも驚いた。

悠斗さんは、そんな私を支えるように優しい言葉をかけてくれた。

結局どちらが支えてもらっているのか分からなくなったが……。

そんな中、避妊手術の当日を迎えようとしていた。

私も心配なので彼の部屋に泊まり込み、金曜日の手術に付き添う事に。

マロンは、嫌な事を思い出させないように留守番させた。

朝になると早めに準備をして、いつでも行けるように備えた。

そろそろ二匹をキャリーバッグに入れて連れて行かないといけない。

なのに、ミルキーちゃんもショコラちゃんもケージの中に入ってしまいそこから出てこなくなった。もしかして、これから病院に行く事を気づかれた？

「ミルキーちゃん、ショコラちゃん。出ておいで」

私は努めて明るく声をかけるけれど、無反応だった。おかしいわね？

ショコラちゃんは仕方がないとはいえ、ミルキーちゃんまで出てこない。

いつもなら、名前を呼べば離れていてもちゃんと来るのに……。

「ミルキーまでもですか？」

「はい。もしかして気づかれてしまったのかしら？」

「……おそらく。猫や動物は、そういうのに敏感ですからね。仕方がありません。あの手で行きますか」

悠斗さんは、ため息を吐きながらそう言ってきた。

あの手？　どうする気だろうか？

すると悠斗さんは、ケージの中に手を入れると何とかしてショコラちゃんを強引に引きずり出した。普段の悠斗さんならそんな事はしない。病院に行かせるためとはいえ、心を鬼にしないといけないから悠斗さん自身も辛いだろう。出てきたショコラちゃんを見る。

「ミィーミィー」

ガタガタと小刻みに震えながら小さな声で何度も鳴いていた。

あぁ、完全に怯えてしまっているわ……。

ケージから無理やり出された事も理由の一つだろうが、どうしてそうされたのかにも薄々気づいたのだろう。そんな怯え方だ。どうしたものか……。

さすがに可哀想になってきた。無理やり連れて行かなくても……。

ショコラちゃんに同情していると悠斗さんは、優しくお気に入りの毛布でおくるみのように包んであげていた。

「ショコラ、大丈夫。君が怖がらないようにするから。私と結菜さんが、そばに居るからね」

優しい口調で怖がらないように話しかける。するとだんだんと鳴かなくなってきた。

悠斗さんは、そのまま私のところに来た。えっ？

「怖がるのでキャリーバッグに入れずに連れて行きます。ショコラは、結菜さんにお任せします。そのまま持っていて下さい」

「えっ？　は、はい」

私は、慌てておくるみに包まれたショコラちゃんを受け取る。

ショコラちゃんも驚いてモゾモゾと動いていたが、おくるみのせいで身動きが取れないみたいだ。とりあえず確保した。

残りはミルキーちゃんなのだが、比較的に大人しいショコラちゃんと違いお転婆で元気いっぱいなので苦労するだろう。

悠斗さんは、羽織っていたパーカーのファスナーを閉めた。

そして、さっきと同じようにケージからミルキーちゃんを無理やり出した。

驚いたミルキーちゃんは、暴れる、暴れる。

「ミルキー大人しくしろ」

「ミギャーッ」

普段と違う光景だった。興奮気味のミルキーちゃんは怒っているのか、唸っていた。

このままだと連れて行くのは……。

だが悠斗さんは、気にする事なくミルキーちゃんを自分のパーカーの中に押し込め始めた。えっ？

押し込めたパーカーの中でモゾモゾと動くと、ミルキーちゃんは顔を出してきた。

あれ……？　大人しくなった。

嫌がるどころか、ぬくぬくしたように目を細めている。何故？

「ミルキー限定ですが、こうすると落ち着くみたいですね。気休めぐらいにしかなりませんが、このまま行きましょう」

「は、はい。そうですね」

状況確認するが、意外な事が分かり驚いた。でも、これなら行けるわね。

悠斗さんは、ミルキーちゃんがパーカーの中から落ちないように車に乗り込んだ。

私も落とさないようにショコラちゃんを大切に抱えていた。

運転中もミルキーちゃんは、大人しく前を向いている。

本当に落ち着くみたいね。不思議……。

「ミィー、ミィー」

ショコラちゃんは、まだ鳴いていた。こちらは、抱えているのが私だから不安なのかもしれない。

「大丈夫よ、私もそばに居るからね」

喋りかける私を、「ニャー」と首を傾げながらショコラちゃんはジッと見ていた。

目的の動物病院は大きなところで、そこには、いろんな動物達が治療に来ていた。

犬やフェレットなど種類も多い。病院の中は、白の壁で落ち着いている雰囲気。

広々としており、大型犬も余裕で座らせられるほどだ。

待合室で受付をして待っていると名前を呼ばれる。

治療室には、優しそうな感じの五十代の男性獣医が居た。

「お待たせしました。では、再度診察をしてからお預かりします」

「よろしくお願いします」

緊張しながら診察を受けて、預かってもらう事になった。

「心配はいりませんよ。ですが、少しでも様子がおかしかったり、問題があるようなら直ちに中止にしますので」

獣医さんからそう言われると少し安心する。

初めての入院で不安だからとお気に入りのおもちゃや毛布、おやつも渡した。

看護師さんにショコラちゃんとミルキーちゃんを預けるが、急に私達と離されたので鳴き出してしまった。

「ミィー、ミィー」

小さな声で何度も鳴いている。可哀想になるぐらいに……。

身体も小刻みに震えていた。それを見ていると胸が締め付けられる。

悠斗さんは、安心させるように私の肩を抱いてくれた。ギュッと拳を握る。

「では、よろしくお願いします」

何度も頭を下げてお願いした。そして治療室から出て行く。

出て行こうとする瞬間までミルキーちゃん達は、必死に鳴いていた。

うぅっ……と涙が出てきた。

マロンの事を思い出したら余計にだ。涙が止まらない。

私と悠斗さんは、会計を終わらせるとそのまま車に乗り込む。

助手席に乗った私を彼は抱き締めてくれた。悠斗さん……。

「大丈夫ですよ。一日の辛抱です。明日には、元気で無事に手術を終わらせて帰って来ます。必ず」

「……はい。そうですよね、無事に終わらせて帰って来ますよね。マロンみたいに」

私と悠斗さんは、しばらく抱き合っていた。

そして翌日。私達は、子猫達を迎えに行く。

途中で私の自宅に寄ってもらい着替えを取りに行き、マロンを連れて行く事に。

心配なので私は、しばらく悠斗さんの自宅に泊まる事にした。

どんな様子かしら？　ご飯ちゃんと食べたかしら？

動物病院に着くとマロンには、少しの間だけ車の中で待ってもらう。

受付をしてしばらくすると、名前を呼ばれた。こないだのように治療室に入って行くと、ぐったりしたミルキーちゃんとショコラちゃんが診察台に居た。

「ミルキーちゃん、ショコラちゃん!?」

何だか具合が悪そうだけど大丈夫かしら？　それに元気もなさそうだし。

そういえば、マロンの時もそうだった。しばらく食欲がなかったわ。

「手術は、無事に終了しました。問題はなさそうですが、もし何かありましたら、すぐに来て下さい。しばらくは、食欲不振や便秘などがあると思いますが、じきに良くなるでしょう」

「ありがとうございました」

私と悠斗さんは、深々と頭を下げてお礼を言った。

二匹を連れて帰るためにキャリーバッグに入れる時も車に乗る時も静か過ぎるぐら

いに大人しかった。

普段が元気いっぱいだから余計に心配になってしまう。

「マロンの時もこんな感じでした。ううん……それより酷いかも」

マロンは比較的に大人しいから、余計にそう思うだけかもしれないが、本当に大丈夫かしら？

「しばらく、その状態が続くと高島《たかしま》先生が言っていました。あの方は、動物病院でも手術が上手いと評判のいい獣医です。その心配はないと思いますが、何かあったらすぐに私が病院に運ぶので大丈夫ですよ。それよりも早く自宅に帰って休ませてあげましょう」

「はい。そうですね……」

私達は、帰りを急いだ。子猫達が早く安心出来るように。

悠斗さんの住んでいるマンションに着くと、そのままに部屋に向かう。

そしてケージの中に入れた二匹は、お気に入りの毛布の中に自分から入って行く。

しばらくするとスヤスヤと眠り出した。やっと落ち着いたのだろう。

「高島先生の話だとあまり寝ていないようですね。ショコラはともかく、ミルキーまで寝ていないとは。よほど緊張と不安で眠れなかったのでしょう。やっと安心したのだと思いますよ」

「そうだといいのですが。これを機に、またショコラちゃんに避けられたらどうしましょう」

せっかく距離が縮まり出したところなのに、また警戒されたら悲しくなってしまう。やっと逃げなくなって、私の声にも反応してくれるようになったのに。

それにミルキーちゃんだって……。いや、それよりも二匹の体調の方が大切だ。

あぁ、考えれば考えるほど、マイナスの事ばかり考えてしまう。

すると悠斗さんが、私の頭を優しく撫でてくれた。

「不安な時ほど、良くない事ばかり考えるものです。お茶にしましょう。あたたかい飲み物を飲めば、気持ちもあたたまりますよ」

優しい口調でそう言って微笑んでくれた。悠斗さん……。

「は、はい」

私達は、とりあえずお茶にする事にする。気分は沈んだままだったが、悠斗さんの言葉に甘える事にした。

私がコーヒーでも淹れようとしたら、彼から自分が淹れるから座って待っていて下さいと言われた。私は、大人しく待つ事にする。

マロンを見ているとケージの方をジッと見つめていた。

二匹の様子がいつもと違うから心配しているのかしら？

すると悠斗さんは、お茶を淹れて戻ってきた。

あれ？　彼が持ってきたのは、コーヒーではなく紅茶だった。しかもハーブティー？

「カモミールティーです。ハーブは、心を落ち着かせる効果やリラックスさせる効果があるのですよ。これを飲めば、気持ちも落ち着いてくるはずです」

「あ、ありがとうございます」

まさかカモミールティーを持ってくるとは思わなかったため驚いてしまう。

自分のことを考えてハーブティーを用意してくれたのだと嬉しく思う。一口飲んでみる。

あ、甘酸っぱいリンゴのような香りが広がってくる。

優しく穏やかな香りは、確かに心を落ち着かせてくれた。

安心出来る匂いを楽しんだ後、用意してくれたミルクと砂糖を入れてカモミールミルクティーとして頂いた。

「はぁ～美味しいです」

カモミールの優しくあたたかい味わいとミルクの甘さが合う。

心までリラックスさせてくれるようだ。

「それは良かった。優しいあなたの事だから気に病むと思いまして。母がハーブティーが好きで、よく飲んでいたから結菜さんにと思い、この前頼んで貰っておいて正解でしたね」

「お、お義母様から頂いたのですか⁉」

しかも、わざわざ私のために……？

驚く私に悠斗さんは、クスクスと笑う。

「はい。私も父もコーヒーの方が、どちらかといえば好きなのですが、よく実家に帰ると飲まされています。弁護士の仕事は、ハードでストレスも溜まりやすいので母なりに気を遣ってくれているみたいですね」

「まぁ……そうだったのですね。優しいお義母様ですね」

お見合いと挨拶などで何回か会っているが、最初は私の母みたいに家柄などにこだわるような厳しい方だと思っていた。

しかし、何回か言葉を交わしてみると、ただ気さくで優しい方だった。

どうやら、お義母様もギャップのある方だったようだ。

「はい。母は、元パラリーガルだったので」

「えっ？　そうなのですか⁉」

「昔父と組んで働いていたみたいですよ。しかし父と結婚して私を出産した後に育児しながら復帰をしたのですか、無理がたたり体調を崩しまして。両立は、難しいと判断されました。父はその時に『君が、こうなるまで気づかなかったのは私の責任だ。すまない。これからは、より家事も育児も全力でサポートするから、君が後悔のない選択をしなさい』と言ったそうです。結局母は、何が大切かを考えた結果……家庭を選んだそうですが」

「そんな過去が……」

私は、悠斗さんの両親の事情を聞いて驚いてしまう。お義母様は、悩んだのだろう。仕事に情熱を注いだ人なら、その選択は辛過ぎるはずだ。

私は子供の頃から、早めにいい方を見つけて結婚し、家庭につきなさいと母から言われて育ってきた。母もそうだったからだ。

そのせいか仕事は、あくまでも結婚するまでと決めていた。

なので、バリバリで働きたかったお義母様の気持ちを考えると胸が痛む。

「お義母様は、お辛かったでしょうね」

「そうですね。その時は、辛かったと母から聞いています。ですが、時々父は仕事の事で、母からアドバイスをもらったりしていますよ。何かと関わらせようとしてくれるみたいですね。今もいいパートナーでもあります。だから今は、悔やんでいないと言っていました」

悠斗さんは、ニコッと微笑みながらそう言ってくる。それって……つまり!?

私は、それを聞いて何て素敵な夫婦なのだろうと思った。

きっとお義母様の気持ちを配慮してお義父様が、ワザと聞いたりしているのだろう。お互いに大切に想い合っている素晴らしい夫婦だわ。

私も悠斗さんとそんな素敵な夫婦になりたいと強く思った。

「素敵な夫婦だわ……」

「はい。私も尊敬しています」

ニコッと微笑む悠斗さんを見ていて。あぁ、だから悠斗さんも、こんな素敵な男性に育ったのね。

両親の影響を受けているのなら納得だ。きっと二人のいいところが似たのだろう。

「それよりも、大分気持ちが落ち着いたみたいですね？　顔色が良くなってきましたから」

「えっ？」

悠斗さんは、そう微笑みながら言うと私の頬に触れてきた。

私は、その言葉にハッとする。そういえば……。

悠斗さんに素敵な話を聞かせてもらったせいか、心が落ち着いて楽になった。

もしかして気を紛らわせるために両親の事を話してくれたの？

私をこれ以上不安にさせないように……。

その事に気づくと彼の優しさに胸がキュンとなった。

「……心遣いありがとうございます」

「いいえ。お茶のおかわりは、どうですか？」

「あ、はい。いただきます」

私達は、しばらくおしゃべりをしながらお茶を楽しんだ。

その後は、ミルキーちゃん達の様子を見ながら看病をする。

ケージを清潔に掃除して、エサも栄養のあるものに変えた。しかし食欲がないようで、ほとんど食べなかった。

あんなに食欲旺盛なミルキーちゃんが食べないとなると心配になってくる。

ショコラちゃんは少し食べ残すくらいだった。

獣医さんは、食欲が減ると言っていたし、マロンの時もそうだった。
だから、なるべく少しずつあげてみた。
問題は、傷口だ。手術後は、縫合糸を噛みちぎる恐れがある。
舐め過ぎても傷口に菌が入ってしまうことがあるので大変。
私は、ミルキーちゃんとショコラちゃんにエリザベスカラーをつけさせようとした。
ソフトな肌ざわりの花の形をしたものだ。
顔を覆うようにしてあり、これで身体を舐めたりしない。
しかし二匹はそれをするのを嫌がった。
「ニャーニャー」
と鳴いて避けようとする。
「ミルキーちゃん。我慢して、これをはめて」
「ニャー」
頑張ってつけさせようとしても拒んでなかなかつけてくれない。
最終的には、毛布の中に入ってしまい出てこなくなった。困ったわねぇ……。
そんなに嫌がっているのを無理につける訳にもいかない。
私は、いい方法がないかとネットで調べてみた。すると、猫の手術着がある事を知る。

マロンの時は、大人しくつけてくれたから知らなかったけど、こういうのもあるのね。

「あ、そうだわ。せっかくなら、ピッタリのものを作ってあげましょう」

私は悠斗さんに、いらなくなった長袖のシャツなどがないかと聞く。

古くなった長袖のシャツがあったのでそれを貰い、長袖の部分を切った。

そしてサイズに合わせて足と前足の部分を切る。

他にも違う作り方もあるが、これが簡単なやり方だ。

少し大きかったら縫って調整してあげられるので、簡単。

「よし。ミルキーちゃん、ショコラちゃん。これなら大丈夫よ」

私は、ミルキーちゃんに。悠斗さんはショコラちゃんに着せた。

思った通りサイズもピッタリ。可愛い……。

ブラックのストライプ柄なのだが、ミルキーちゃん達が着ると可愛らしい。

「結菜さん凄いですね。手術着を作ってしまうなんて」

「いえいえ。ネットで作り方があったので、真似しただけですよ」

悠斗さんは驚いて褒めてくれたが、ネットを見て作ってみただけ。

むしろこんなに簡単に作れる事に自分も驚いたぐらいだ。

「本当に可愛いですよね」

「はい。写真を撮っておきましょう。記念に」

そう言いながら悠斗さんは、スマホを持つと一生懸命写真を撮っていた。

私は、それを見ながらクスクスと笑う。

不思議。悠斗さんが一緒に居てくれると心強いし、深く考え込まなくて済む。とても頼もしい人だと思えた。


そして二日が過ぎた夜。ミルキーちゃんとショコラちゃんは、元の状態に戻り元気な姿を見せてくれるように。

ミルキーちゃんは、復活すると真っ先にイタズラをしていた。

私が持ってきた結婚式用のパンフレットを口にくわえて甘噛みしているではないか。

しかもボロボロにされてしまう。

「こら、ミルキーちゃん。何をやっているの!?」

私が、慌てて叱ると驚いて逃げてしまった。

「もう……あの子ったら」

私は、ため息を吐きながら下に落ちたパンフレットを拾う。

悠斗さんは、それを見ながら苦笑いしていた。

するとショコラちゃんが、私のそばまで近寄ってくる。それは初めての事だった。

逃げなくなったけど、離れたところでいつもは見ているのに。

「どうしたの？　ショコラちゃん」

私は、優しく話しかけてみる。いつもなら驚いて逃げ出してしまうはずだ。

しかしショコラちゃんは、逃げるどころか、触れる距離まで来てくれた。

も、もしかして心を許してくれたの？

私は、恐る恐るショコラちゃんの頭を撫でてみる。

そうしたら大人しく触らせてくれた。柔らかくて、あたたかい感触が手に伝わってくる。

「ニャー」

ショコラちゃんは、喉をゴロゴロと鳴らしている。怖がっている様子もない。

嬉しい……。やっとショコラちゃんが、心を許してくれたわ。私は、嬉しくて悠斗さんを見る。悠斗さんも驚いていたが、すぐにニコッと微笑んでくれた。

「良かったですね。結菜さんがショコラを思って看病してくれた優しさが、ショコラにも伝わったのだと思いますよ」
「はい。凄く嬉しいです」
こんな風に触れる日が来るなんて夢みたいだ。抱っこは、どうかしら？
私は、勇気を出して抱っこしてみる。すると逃げずに大人しく私に抱かせてくれた。
小さくて柔らかい。
一生懸命看病してきたのが、ショコラちゃんにきちんと伝わったのね。
そう思ったら涙が溢れてきた。
「ニャー」
ショコラちゃんはきょとんとした表情をするが、しっぽを振っていた。
悠斗さんは私のところに来ると、ショコラちゃんごと抱き締めてくれる。
マロンとミルキーちゃんもそばまで来てくれた。
心の底から幸せが溢れてくるようだった。私を家族だと認めてくれたって事だから。
だが、そんな私達を脅かす事が起きるなんて、この時は夢にも思わなかった……。
それは、結婚式を控えた六月の頃だった。
ここ最近梅雨のせいか雨が続く。じめじめした季節は、気持ちも沈みやすい。

外に行くにも傘をさして行かないといけないから大変。

窓から雨が降る空を見ながらため息を吐く。止まないなぁ……。

「外……なかなか止みませんね？」

すでに家事を終わらせて暇なので、私は悠斗さんの自宅でお茶を飲みながらてるてる坊主を作っていた。

「そうですね……。なかなか止みませんね」

悠斗さんは、パソコンを広げて仕事をしていた。

マロンは、大人しくソファーで横になっていたが、ミルキーちゃんとショコラちゃんは、私の作ったてるてる坊主に興味津々。

出来たてるてる坊主を前足で突っつき、攻撃してじゃれている。

「あ、ダメよ。ボロボロになるから。雨が止んだらお出かけして、お散歩に行きたいですよね」

慌てて、てるてる坊主を取り上げながらそう言った。

しかしミルキーちゃんは、遊んでくれるものだと思い、取り返そうとしてくる。

カーペットの上に座っている私によじ登ろうとしてきた。

「ちょっとミルキーちゃん!?　ダメだって……」

「ニャー、ニャー」

するると反対の方向からショコラちゃんが、登ろうとしてくる。

「ちょっと、ショコラちゃんまで」

今までショコラちゃんは隠れて、離れたところに居たから気づかなかったけど、意外とお転婆なところもあるみたいだ。ミルキーちゃんほどではないけど。

結局この子達のせいで、てるてる坊主はボロボロになってしまった。

手元には、噛みつかれ無残な姿になったてるてる坊主が……。

あぁ、これだと窓に吊るせないわね。

私がまたため息を吐くと、悠斗さんはクスクスと笑う。

「この子達も雨で気持ち的にもストレスが溜まっているのかもしれませんね？　今度の日曜日にでも晴れだったらピクニックにでも行きましょうか。お弁当を持って近くの公園でも」

「ピクニック!?　それいいですね、賛成」

私は、ピクニックという言葉に強く反応する。行きたいと思った。

「近くの公園なら、広い芝生があるのでペットのお散歩に最適です。最近忙しくて連れて行っていませんが、この子達は行った事のある場所です」

「それなら安心ですね」

猫は、警戒心が強いから慣れない場所はストレスになりやすく、嫌がる。

悠斗さんは、私の反応を見てクスッと笑う。

「でしたら決まりですね。晴れるといいですね」

「はい。なら、なおさらてるてる坊主を……あっ!! 私が作ったのは、ミルキーちゃん達のせいでボロボロになったんだったわ」

「おやおや……」

悠斗さんに、さらに笑われてしまった。もう……あの子達ったら。

私は、またため息を吐いたのだった。しかしピクニックは楽しみだ。

早く晴れになってほしいと思いながら、もう一度外を見ていた。

第七章・ストーカー事件。

そして数日後、願いが叶った。日曜日になる頃には、雨が止み青空が広がっている。久しぶりの晴れだ。

私は悠斗さんの自宅に泊まって次の日の日曜日、早起きすると支度を始めた。

マロンも一緒に起きて来て、近くで大人しく様子を見ていた。

まずは、お弁当作り。今回は、サンドイッチにしよう。

さて、何のサンドイッチにしようかしら？

食材は、色々と揃えてみたけど迷うのよねぇ……。

やはり定番のたまごサンドかしら？　あと見た目も華やかなBLTサンドとか。あぁ、ハムカツサンドも美味しくていいわね。

私は悩みに悩み、結局悠斗さんの好きそうな具材にする事にした。

よし、まずたまごサンドからね。

鍋の準備をし、水と塩を入れる。そして中火で沸騰させた。

沸騰したら、卵をソッと入れて弱火で十分ほど茹でた。

出来上がった卵は殻を剝き、キッチンペーパーで水分を取る。

そして白身は、みじん切り。黄身は、ボウルに入れてフォークなどで潰した後に、みじん切りにした白身とマヨネーズ、塩、コショウを入れて味付け。

これで、たまごサンドの下ごしらえは終了。一口味見をしてみる事に。

「うん、美味しく出来たわ」

と満足する。


次は、ハムカツサンドね！

ハムを四枚重ねたら塩、コショウ、マヨネーズを両面に塗り、パン粉をまぶす。

鉄板にサラダ油をまわしかけ、オーブントースターで三分間焼くと完成。

揚げるのもありだが、この方が簡単で揚げ過ぎずに出来る。

さて、残りのＢＬＴサンドのみだ！

ベーコンをフライパンでカリカリになるまで焼いた。

そしてタルタルソースを作る。玉ねぎの半分をみじん切りにすると、水にさらして水気を絞る。そして、ピクルスをみじん切りにした。

たまごサンドと同じように卵を茹でて殻を破る。白身は、みじん切り。黄身は、ボウルに入れてフォークで潰す。

そして白身とピクルスを混ぜ、マヨネーズ、塩、粗挽きコショウを入れる。

タルタルソースは、これで完成。

ＢＬＴサンドのパンにバターを塗りオーブントースターで焼いた。

そして焼いたパンにカリカリにしたベーコンを六枚並べる。

その上にスライスしたトマトを乗せて塩、コショウ。レタスを折り曲げて乗せた。

もう一枚のパンには、タルタルソースを塗ってから、先程具材を載せたパンと合わせた。美味しそうなＢＬＴサンドの完成だ。

たまごサンドとハムカツサンドは、普通に食パンでサンドしても十分に美味しいけど、こちらはホットサンドだ。

そう思っていたら悠斗さんが起きてくる。ミルキーちゃんとショコラちゃんもだ。

「おはようございます。おや？　これは、また美味しそうなサンドイッチですね」

「おはようございます。あ、もうこんな時間ですね!?　すみません。すぐに朝食の用意をしますね」

気づいたら、サンドイッチ作りに夢中で朝食の支度を忘れていた。

「あぁ、ゆっくりで構いませんよ。私もミルキー達にエサを食べさせたら、朝食かサンドイッチ作りの手伝いをしますね」

「ありがとうございます」

悠斗さんは、マロン達にエサをあげてくれた。

そして手を洗った後、サンドイッチを挟むのを手伝ってもらう事に。

私は、その間に朝食を準備した。お昼が洋食だから和食にしよう。

ご飯にわかめと豆腐の味噌汁。それに焼き鮭と、だし巻き卵を作る。

悠斗さんは、私の指示通りに食パンをオーブントースターで焼き、常温のバターに練りからしを混ぜて塗る。

ハムカツサンドには、ハムカツと一口大のサイズのレタスを乗せた。

たまごサンドには、下ごしらえした卵と薄くスライスしたきゅうりを乗せる。どちらも美味しそうに完成。お腹が空いてくる。

「美味しそうに出来ましたね」

「はい。食べるのが楽しみですね」

悠斗さんは、ご満悦なのか鼻歌を歌いながら出来たものからサンドイッチケースに入れている。私は、それを見て嬉しそうねと思いながらクスクスと笑う。

そして、朝食をとった後に近くの公園に向かった。

行く前に猫達をキャリーバッグに入れようとしたらミルキーちゃんだけ何故か逃げる。追いかけるが、なかなか捕まらない。

仕方がない。また悠斗さんがパーカーに着替え直すと、察したのか、自ら悠斗さんのところに。そして抱っこされるとパーカーの中に入って行く。

入ったのを確認すると車に乗り込み運転をする悠斗さん。

ミルキーちゃんはその間、顔を出して満足そうにしていた。

「本当にパーカーの中が好きなのね」

ご主人である彼のパーカーだから好きなのだろうけど。フフッ……可愛い。

私はその姿を見ながらクスクスと笑っていた。

公園に着くと、確かに芝生が広い。離れた場所に子供用の遊具もある。

広場では、散歩をしている高齢者の方やジョギングをしている人がいた。

すると悠斗さんは、車のトランクからテントを出してきた。

トランクに何か大きいモノを積んでいると思ったらテントだったのね。

「テントですか？」

「はい。これなら紫外線カット出来ますし、結菜さんや猫達を虫刺されから防げますので。ワンタッチで簡単に組み立てられるモノです」

悠斗さんは、そう言うとテキパキと組み立てていく。

本当に簡単に組み立てられるモノで、あっという間に出来てしまう。

「さぁ、どうぞ。入ってみて下さい」

「は、はい。お邪魔します……」

私は、恐る恐るテントの中に入ってみることにした。

わぁー思ったより快適かも。中は日陰になっており暑くない。

日焼けしなくて済みそうだ。

私は、マロンとショコラちゃんが入ったキャリーバッグのファスナーを開ける。

悠斗さんも中に入るとミルキーちゃんを出してあげた。

三匹とも伸びをし、のんびりと横になりだす。

「さて、ミルキーとショコラには、これをつけなくては……」

悠斗さんは、何かを取り出すとミルキーちゃんとショコラちゃんにつけた。

それは、小さな首輪とリードだった。

「首輪と……リードですか？」

「つけるのは可哀想な気もしますが、安全性のために。特にリードは、走り回るミルキーを見失わないためです。お転婆だから何処に行くか分かりませんからね。ショコラも人にビックリして逃げたりしたら危ないですし」

なるほど……確かに、つけておいた方が良さそうね！

普段は、首輪の代わりにリボンを結んでいる。

それぞれのリボンには、電話番号と悠斗さんの名前が書いてある。

すると早速外に興味を示したミルキーちゃんは、外に出ようと入り口に向かう。

「あ、もう言っているそばから。こらこら」

悠斗さんは、慌ててリードを引っ張り、それを阻止した。

「ミィー、ミィー」

ミルキーちゃんは、必死にリードを引っ張り鳴き出した。

「あらあら。ミルキーちゃんたら、もう外に出たいのね？」

さすがお転婆さんだこと。言っているそばから行動を始めていた。

まぁ、天気もいいから行きたくなるのも無理はないけど……。

「仕方がない、少し散歩でもさせましょう。結菜さんはどうします？」

「なら私は、ショコラちゃんを散歩させようかしら。マロン。あなたは、どうする？」

私は、マロンの方に目線を向ける。するとゴロンと転がり丸くなっていた。

「ニャー」

どうやらテントの中に居たいようだ。のんびり屋のマロンらしい。

この子は、大人しく落ち着いているから心配はいらないだろう。

マロンだけお留守番をさせ、私達は外に出てみた。

私がリードを持つと、ショコラちゃんは興味津々に草などの匂いを嗅いで近くのモノを触り始める。

「どう？　何か面白いモノでもあった？」

「ニャー、ニャー」

ショコラちゃんは、こちらを見て鳴く。そして、またキョロキョロしていた。

さて、ミルキーちゃんは？　悠斗さんの居る方を見ると……。

「こらこら。落ち着きなさい……ミルキー」

「ミィー、ミィー」

まだまだ率先して前に行きたがるミルキーちゃんは、必死にリードを引っ張る。

途中であっちに行ったり、こっちに行ったり落ち着きがない。

あらあら、興奮しちゃっているわね。

悠斗さんも苦笑いしているのを見て私は、クスクスと笑う。

しばらく遊ばせた後にテントの中に戻って行く。

お腹が空いてきたので昼食のサンドイッチを食べる事にした。

綺麗に並べられたサンドイッチ。他にもデザートにバナナとさくらんぼ、そして夏みかんなどをカットして容器に入れて持ってきた。

「では、いただきます。どれも美味しそうだからどれから食べようか悩みますね」

悠斗さんは、悩みながらたまごサンドに手を伸ばした。味は、どうかしら？

「うん、美味しいです。少しピリ辛なのが、大人の味ですね」

「良かった……。ＢＬＴサンドも食べてみて下さい。タルタルソースが上手く出来たので」

美味しいと言ってくれてホッと胸を撫で下ろした。なら、こちらも食べてほしい。

すると悠斗さんは、ＢＬＴサンドの方も手に取って食べ始める。

「あぁ、本当ですね。タルタルソースが、また絶品です」

「良かった……あら。フフッ……悠斗さんの口元のところにパンくずが」

両手にサンドイッチを持っている悠斗さんが、子供みたいで可愛いと思った。

私は、クスクス笑いながら口元のところあるパンくずを取ってあげる。

すると彼は少し頬を赤らめ、目線を逸らした。

「ありがとうございます。恥ずかしいですねぇ……。いい大人が、はしゃぎながら食べてパンくずをつけるなんて」

「あら、可愛らしいと思いますよ？」

私は、からかうようにまた笑う。悠斗さんは、余計に頬を赤らめた。

悠斗さんとは、こうやって冗談を言い合えるようにまでなっていた。

前は、緊張して話題を出すのも大変だったのに……。

いつの間に、こんなに進歩したのだろうか？

嬉しい変化に密かに喜びながら自分も食べてみる。うん……美味しく出来たわ。

しばらくしてサンドイッチは、すべて完食してしまう。

「さすがに食べ過ぎてしまいましたね。お腹いっぱいです」

「ええ、本当に」

私は、クスクスと笑いながらそう答える。ほとんど悠斗さんが食べてしまった。

すると悠斗さんは、お腹を押さえながら「結菜さんの作るご飯があまりにも美味しいから、最近ちょっと太ったような気がします。ダイエットした方がいいかもしれませんね」と言った。

「えーっ、悠斗さんは十分に細いですよ？」

「いや……最近お腹まわりが気になってきて。父も母と結婚してから太ったと言っていたので、気を付けないといけませんね」
あのお父様が⁉　お父様は、悠斗さんに似て身長が高く細いのに。
昔は、もっと細かったのかしら？　今でも十分スタイルがいい。
それが五十嵐家の遺伝なら、羨ましいぐらいだわ。
感心している間に悠斗さんは食べ終わって、寄ってきたミルキーちゃんを抱き上げる。
「よし、少し散歩してダイエットするか？　ミルキー」
「ニャー」
ミルキーちゃんはきょとんとしながらも、しっぽを振って鳴いている。
私は、ショコラちゃんとマロンと一緒にテントの中で待っていた。
その時だった。ふと近くで人の気配がして、私は辺りを見回す。
通りすがりの人かしら？
公園には人が多いので、そこまで気にしなかった。
しばらくしたら悠斗さんが戻ってきた。残念そうな顔をして……。
その手には、スマホが。まさか……？
「すみません。急に父から呼び出しがありました。今から事務所に行って解決しないといけない案件が出来ました」

「そうですか……」

あぁ、やはり仕事の電話だったのね。悠斗さんは忙しいから、どうしても急遽呼び出しになったりする。大変な仕事だから仕方がないけど。

悠斗さんは、申し訳なさそうな表情をする。

「本当にすみません。すぐに帰れなかったら、テントはそのままにして下さい。私が、後で回収しますので」

「はい、分かりました。気を付けて行ってらっしゃい」

私は彼が心配しないように笑顔で見送ると、悠斗さんはニコッと微笑み返してくれる。

「行ってきます」

そしてミルキーちゃんを降ろすと、そのまま行ってしまう。

私は、テントの中でお留守番する事になってしまった。

せっかくのピクニックなのに……と思いながらも仕方がない事だ。

しばらく休憩した後に、悠斗さんの自宅に帰ろう。

そう思っていた時だった。また近くで人の気配がした。

開いている出入口の近くに、カーキ色のワンピースを着た女性が立っている。

顔はテントに隠れて見えなかったが、背の高い人のようだ。

黒髪で胸ぐらいの長さがあるロングヘアの女性。

しかし何だか雰囲気が普通ではないような気がする。ただ黙っていて不気味というのだろうか。するとようやく口を開いた。

「あの……久保田結菜さんで間違いありませんよね？」

「は、はい。そうですけど？」

えっ？　どちら様かしら？

聞いた事もないような声だった。知り合いでもなさそうだし。

「あの……どちら様でしょうか？」

すると、その女性は顔も見せずにさらに沈黙する。

手が見えるが、ギュッと拳を握り小刻みに震えていた。

その意味は分からなかったが、女性から伝わってくる空気が何だか怖いと思った。

興味津々と彼女の方へ行こうとするミルキーちゃんを慌てて抱く。

ショコラちゃんは、知らない人が来たため私の後ろに隠れていた。

するとその女性は、重い口をまた開いた。

「……嶋村慶一郎《しまむらけいいちろう》って男の事をご存知ですか？」

と聞いてくる。

嶋村慶一郎……？　誰だったかしら？

急に名前を聞かれたので頭の中が混乱してしまう。

重い沈黙が流れると、何だか早く思い出さないといけない気がして焦る。

「あ、ウチの横領事件で捕まった犯人グループの一人⁉」

やっと思い出した。ウチの会社の横領事件の犯人だわ。

四人グループでの犯行だったけど、確かその中で一番罪が軽かった人物だったような？

ウチの会社の事件だったし、悠斗さんの活躍にばかり気を取られて犯人の名前までは、ぼんやりとしか覚えていなかった。

でも、どうしてその人の名前を出してきたの？

すると、女性はさらに自分の拳を強く握る。

そして持っていたカバンから新聞を取り出すとテントの中に思い切り投げつける。

驚きながらその新聞を見ると横領事件の事が、大きく取り沙汰されていた。

「私は、捕まった嶋村慶一郎の婚約者です。この事が書かれた週刊誌もあります。確かにあの人は、悪い事をしました。ですが、同僚にそそのかされただけ。犯行も少し口裏を合わせて……お金を隠しただけなのに。なのに捕まえるどころか、こんな大げさに取り上げなくてもいいじゃない!? これのせいであの人は、世間からバッシングされたわ。それだけじゃない……その家族も私もよ。あなた達家族は自分の会社が注目を浴びて利益になればそれでいいのでしょう? そのせいで、楽しみにしていた婚約が破棄になったわ。中傷もされて散々な人生よ。すべてあなた達のせいよ!?」

その女性は、無茶苦茶な事を言い出してきた。何を言っているの?

そもそも横領をしたのが悪いのでは……?

いきなり現れて、一方的に怒鳴りつけられたので身体が硬直してしまう。

何故、一方的に責められるのだろうか? 怖い……。

「ミィー、ミィー」

ショコラちゃんは、怖いのか私の後ろで震えて鳴いている。

このままだとショコラちゃん達まで危ないと本能的に思った。

な、何とかしないと……でも、どうやって?

「……許せない。あんた達だけが、幸せになるなんて絶対に許せない。復讐してやるから。絶対に」

それだけ言うとそのまま去って行った。た、助かったの……？

でも、復讐してやるって言ったわよね？　今……。

それって復讐の機会を狙ってくるって事じゃない!?

言葉の意味を理解すると背筋が震え凍るようだった。しばらく、その場を動けなかった。


その後、どうやって帰ったかは覚えていない。

ソファーに座り悠斗さんの帰りを待ちながら、ぼんやりと今後の事を考えていた。

「悠斗さんに話した方がいいかしら？」

でも、無暗に話しても大丈夫かしら？　もし告げ口をしたと気づいたら……。

もっと恐ろしい形で復讐を実行するかもしれない。

悠斗さんやミルキーちゃん達にも被害があったら大変だし。

するとガチャッと玄関の扉が開く物音がした。ビクッと身体が震え上がる。

「ただいま～」

ゆ、悠斗さん!!　玄関の扉を開けたのが悠斗さんだと分かりホッとした。

「ニャー」

ミルキーちゃんとショコラちゃんは、急いで玄関の方に向かって行く。

私も重い腰を上げ、悠斗さんを出迎えに行く。マロンも後ろからついてきた。

「お帰りなさい……」

「ただいま戻りました。すみません、遅くなりました」

「あ、いえ……大丈夫ですので」

「どうかされましたか？　何だか顔色が悪いようですが」

悠斗さんの鋭い言葉にドキッと心臓が飛び出しそうになる。そんなに顔色が悪い？

さすが悠斗さん。鋭い観察力よね。だけど私は、慌てて否定する。

「そ、そうですか？　ミルキーちゃん達とたくさん遊んだから疲れちゃったのかしら」

咄嗟に嘘を言ってしまった。

隠したい訳ではない。ただ、悠斗さん達にも危険が及ぶかもと思うと話す事が出来なかった。だけど、もしかしたら脅しただけで何もしてこないかもしれないし……。

そうよ。きっとただの脅しよ！

女性なのだし。そんな危ない事は、しないはずだわ。

世間知らずな私は、そう言い聞かせて自分を落ち着かせる。

しかし、それが甘い考えだと後で知る事になるのだった……。

その後、自宅の郵便ポストに不審な手紙が届いた。

差出人は不明。ただ一方的に送られるだけ。

私が恐る恐る手紙を出して読んでみると……。

『久保田結菜様。お元気ですか？　先日は、お会い出来て良かったです。しかし私の婚約者の事をすぐに思い出せませんでしたよね？　それって酷くないですか？　私は、一秒たりとも、あなたの事を忘れた事はないのに。五十嵐って男も。何故あなた達だけ幸せになれるの？　何故あなた達だけ優遇されたりするの？　お金持ちなのだからいいじゃない。少しぐらい会社のお金に手をつけても。どーせ、社員をコキ使って自分だけ贅沢するための金なのでしょう？　あんた達は、悪魔よ！　私の人生を奪う悪魔。許せない。絶対に』

手紙には、何度も許せないと書かれていた。

それに写真も入っていた。

先日母と行ったジュエリーショップで撮られたらしい写真だ。私はそこで母と一緒にネックレスを見ていた。気に入ったネックレスを試着している写真もあった。

「ひぃっ……」

私は、怖くなり写真と手紙を床に落としてしまう。
な、何よ、これ？　明らかに盗撮じゃない。
しかし、それだけではなかった。次の日も。また次の日も送られてくる。
私がいつ、何処に行っていたという行き先が綴られた紙や写真、恨みの籠った言葉。
まるでストーカーのような手紙だった。
相手は、間違いなくあの時の女性だろう。逆恨みをして嫌がらせをしてきた。
悪質で、強い恨みを伴った行為に全身震え上がる。
どうしたら、その行為を止められるのだろうか？
私は、心の底から怖いと思った。
その日から、何処か近くで見張られているのではないかと思うようになった。
確かに誰かに見られているような感覚がする。まさか監視しているの？
復讐が出来る機会を狙っているのだろうか？　私は、殺されるの？
しばらくすると家の周りにゴミが散らかされていた。
両親がさすがに警察を呼ぶが、警備をすると言うだけで当てにならなかった。
警備を強くすると言っても安心は出来ない。
これに関しては、家政婦の春子さんも……。

「結菜お嬢様。これは、五十嵐様にお話しするべきですよ。いくらなんでも悪質過ぎです。黙っておくには、もう無理があるかと」

「でも、心配かけたくないわ。それに悠斗さんにも被害があったら」

「そんな事で、どうするのですか？　五十嵐様も結菜お嬢様に危害が及ぶぐらいなら、相談してもらった方がいいに決まっています。もうすぐ大切な結婚式があるのですから」

「……そうね」

春子さんに言われてハッとする。そうよね……。

この件は、横領事件の弁護士を務めた悠斗さんにも関係のあることだ。私や彼に直接的な被害が及ぶ前に相談した方がいいだろう。

「でも大丈夫かしら？」

「大丈夫ですよ。五十嵐様は、優秀な弁護士さんですし」

春子さんは、真剣な表情でそう言ってくれる。

私は、悩んだが春子さんの言う通りだと思った。

私は悠斗さんに話す決心をし、彼に電話をかける。彼とは、その日の夜に会うことになった。悠斗さんの自宅で夕食を食べた後、私は真剣な表情でその事を話す。

悠斗さんは、驚いた表情をしていた。そして、私のことを強く抱き締めてくれる。

「大丈夫なんですか⁉ お怪我は？ そんな怖い思いをさせていたのに気づかなくて、すみませんでした」

「あ、いいえ。怪我は、ありません。それに謝る必要はありませんよ」

「いや……私のせいです。私が、もっとちゃんと対処していたら結菜さんに、こんな怖い思いをさせずに済んだのに」

「悠斗さん……」

その言葉を聞いて涙が溢れてくる。今まで誰にも相談出来ず怖かったし、不安だったから……。

しばらく泣いた後で悠斗さんは、また落ち着くようにハーブティーを淹れてくれた。

今回は、ラベンダー。ラベンダーの香りは、精神を落ち着かせてくれた。

悠斗さんはコーヒーを飲んでいる。

「今回の件も含めて私が、どうにかします。ですが相手は、何を企んでいるのか分かりません。もしかしたら捨て身で何かをしてくるかもしれない。なので絶対に一人にはならないで下さいね？」

「……はい、分かりました」

「大丈夫ですよ。私が、必ず結菜さんをお守りします。私を信じて安心して下さい」

悠斗さんは優しい口調でそう言ってくれた。弁護士だからか、または悠斗さんだからこそなのか、彼の言葉には、説得力がある。

心強くて何だかホッとする。私は、ニコッと微笑んでみせた。

その日は、悠斗さんの自宅に泊まらせてもらった。

彼が、そばで抱き締めてくれるだけでも安心して眠れる。

それから私は、出来るだけ一人にはならないように心がけた。仕事の時は、普段から送り迎えだし、問題はないはずだ。

なるべく外にも出ないようにし、もし出かける時は、誰かと一緒に行動する。

しかし、あの女性からの嫌がらせみたいな手紙は、まだ続いていた。

いや、むしろ無視する事で彼女を刺激しているのかもしれない。

次に送られて来た手紙には……。

『ペットに猫を飼っていたのですね。本当に可愛らしい。可愛い子猫達が、無残な姿になったら私の気持ちに少しでも気づいてくれるかしら？』

恐怖の手紙には、公園でミルキーちゃんを抱っこしている悠斗さん。私が、ショコラちゃんと遊んでいる写真までついていた。

まだまだある。私が、悠斗さんのマンションに入って行くところまで。

「この写真って、もしかして。この前のピクニックの時のよね？」

間違いないわ。風景や服装まで同じだから……。

まさか、その時に知られたの⁉　子猫達の事を……。

どうしよう。あの人……ミルキーちゃん達に手を出してきたら。

無残な姿って、まさか。私はそれを想像してしまい、恐怖で震え上がる。

そして、その恐怖の日は、確かに迫っていた。

『ここが何処か分かりますか？　私の居る場所です。これから、あなた達の可愛い子猫達を殺します』

その内容は、子猫達に対する殺害予告だった。日時は、今日になっている。

ど、どうしよう。もしかして私のせい⁉

私が手紙を無視して、彼女のことを刺激したから……。

こんな事態になってしまい後悔ばかりが頭をよぎる。

何としてもあの子達を守らなくちゃ‼

私は、慌てて自宅を飛び出した。専属の運転手の田中さんに頼み、悠斗さんの自宅に向かう。急がないと……。

外は、雨が降り出していた。不吉な雨の気がしてならない。怖い……。

車の中で私は、悠斗さんのスマホに電話をかける。

何かあったら、電話するようにと悠斗さんから言われていたからだ。

「もしもし悠斗さん!? ミルキーちゃん達が……!!」

『どうしたのですか？ 落ち着いて話して下さい』

私は、必死に説明をする。すると悠斗さんは、慌てて口を開いた。

『結菜さん。今どの辺にいらっしゃいますか？』

「えっ？ 悠斗さんのマンション付近まで来ていますが？」

『すぐに自宅に戻って下さい。これは罠かもしれません。結菜さんを外におびき寄せるための。彼女の目的は、子猫達ではありません。何処で、あなたを狙っているのか分かりません。私もすぐに行きます』

「は、はい。分かりました」

私をおびき寄せるため？ どういうこと……!? 私は悠斗さんの言葉に愕然とした。

子猫達の心配もあるが、今は悠斗さんの言葉を信じて慌てて田中さんに指示を出す。

「すみません。自宅に引き返して下さい」

「えっ？ 分かりました」

悠斗さんの住んでるマンション付近にまで来ていたがUターンするために減速し、右折しようとした。その瞬間だった。急に女性が、車の前に飛び出してきた。

「あ、危ない!!」

運転手の田中さんは、慌ててブレーキを踏んだ。

「キャアーッ!!」

シートベルトをしていたから大丈夫だったが、急ブレーキで前に飛ばされそうになる。その女性の服装に見覚えがあった。カーキ色のワンピース。

丁度車のスピードを落としていたので当たらずに済んだ。

この女性が、テントで会った嶋村慶一郎の恋人なのだろう。

あの時は、テントのせいで顔は、見えなかったが……。

長身で細身の奇麗な女性だ。黒髪のロングヘアは、雨に濡れて不気味さを増していた。するとその女性は、カバンからナイフを取り出す。

私は、それを見た瞬間、全身が震え上がった。殺されると思った。

「な、何だ、あの人は!?」

田中さんは、慌てて車のドアをロックしていた。しかし、その女性は、ナイフを持ったまま私が居る後部座席に近づいてくる。

そして強引に後部座席のドアをこじ開けようとしてきた。

「キャアッ‼」

私は、恐怖で悲鳴をあげる。だが、すでに正気ではない女性。

開かないと分かると今度はドアを激しく叩き出した。

「開けなさいよ⁉　閉じ籠るなんて卑怯よ」

乗車中に窓を少し開けていたので、彼女の声が車の中まで聞こえる。

あまりにも怖くて近寄れず、窓を閉める事も出来ない。

そうは言ってもナイフを持った人にドアを叩いて出てこいと言われても、誰も怖くて出て行かないだろう。それが逆に彼女を刺激する。

「お、落ち着いて。は、話し合いをしましょう？」

「ふざけるんじゃないわよ⁉　サッサと出てきなさいよ」

まったく人の話を聞こうとしない。それどころか彼女の勢いは激しさを増してくる。

これでもかと思うぐらいに力強く叩くためその音が車の中まで響く。

住宅街なので人通りの少ない道だが、周辺にいた人が遠くでこちらの様子を見ていた。

「な、なんで？　あの手紙は罠だったの？」

「そうよ、あんたをおびき寄せるための罠よ！　あの男の住んでいるマンションには、猫ではないけど別の死骸を袋に入れて玄関前に置いておいたし。あなたが来るまで待つつもりだったけど、早く来てくれてラッキーだったわ。本当警察も弁護士も馬鹿ばかり。無能で、なのに私の大切な人を平気で奪って行く。そんな奴は、一生後悔すればいいのよ」

ひっ……!!　た、助けて。

彼女はもう普通の精神だとは思えなかった。目が吊り上がり異様な雰囲気だ。

私は、頭を抱えながら必死に耐える。恐怖で、どうにかなりそうだった。

「早く出てこないと、あんたの目の前で自殺してやるわ。一生この恐怖で苦しむといいわ。私には、もう後がないのよ」

まるで、元々死ぬ予定だったような言い様だ。ほ、本気なの？

「開けろ。開けなさいよ!?」

もうそれどころではなかった。ドアガラスを壊すくらいの勢いだ。

やめて。お願い！

恐怖で涙が出てくる。ガタガタと震えながら必死に耐え抜く。悠斗さん……助けて。

私が心の中でそう叫んだ、その時だった。

「居たぞ。サッサと捕まろ」

えっ……？　警察官の人が数人こちらに向かって走ってきた。

警備員の人達もだ。暴れる女性を必死に取り押さえて捕まえていた。

私と田中さんは、この光景を唖然としながら見ているしかない。

こ、これって……もしかして助かったの？

あの女性は、まだ暴言を吐いていたが、ナイフを取り上げられたのでろくに抵抗出来ず、パトカーに乗せられていた。するとその時だった。

「結菜さん!?」

悠斗さんが、慌てて自分の車から降りてきた。

「あ、悠斗さん……」

私は、ハッとすると、ドアのロックを解除してもらい外に出る。

そして急いで走り悠斗さんの腕の中に飛び込んだ。怖かった……。

恐怖の中で、ずっと悠斗さんの顔を浮かべていた。会いたくて、助けてほしいとそう願いながらひたすら耐えていた。

「だ、大丈夫ですか？　結菜さん」

「こ、怖かったです……凄く」

やっと恐怖を口に出す事が出来て、涙がどうしようもなく溢れてくる。

私は、悠斗さんの前で泣いた。大粒の涙をこぼしながら……。

その後、警察の人が調べたところ彼女が言っていた通り、悠斗さんの自宅の玄関前で袋が見つかった。ただ死骸ではなく、切り刻まれた猫のぬいぐるみだった。

しかも、赤いペンキで塗られていたとか。それを私に見せるつもりだったらしい。

悪質で残忍なやり方に私は恐怖を感じた。

事件の事で事情聴取があると警察官に言われたが、精神的にも取り乱していて放心状態だった。

後日にしてもらうように、私の様子を察した悠斗さんが頼んでくれた。

両親が丁度留守にしていた自宅に、悠斗さんが送ってくれた。

春子さんが、心配しながらホットミルクティーを淹れてくれる。自分の部屋へと向かうと、悠斗さんは落ち着くまで一緒に居てくれた。

マロンも心配そうに私を見上げ、そばから離れない。

お陰で、思い出すとまだ震えてしまうけど、大分落ち着いてきた。

「彼女はもう捕まったので大丈夫ですよ。やはり、罠でしたか」

「あ、あの……何故これが、罠だと思ったのですか？　手紙には、子猫達を殺すって書いてあったのに」

　悠斗さんの言った通りで、これは、罠だった。でも、どうして分かったの？　すると悠斗さんは、深刻そうな表情になった。

「それは……子猫達を殺すと書いてありましたが、それが嘘だからです。あの方は、猫に近づき殺す事が出来ない」

「猫に近づき殺す事が出来ない……？　どうしてですか？」

　言っている意味が分からない。悠斗さんはため息を吐くと、春子さんが用意してくれたコーヒーに口をつけた。

「どうやら彼女は、猫アレルギーのようです」

「猫アレルギー!?」

　猫アレルギーって、猫と接触するだけでもアレルギーを引き起こす……あれ？

　接触するだけで、くしゃみ、鼻水、目の痒みが出たりする。

　酷い人は、呼吸困難になったりする危険な症状だ。

「はい。私の母も実は、猫アレルギーでして。以前、嶋村慶一郎の事で話を聞きたくて一度会いに行った事がありました。その前に子猫達をペットシッターに預けたのですが、ミルキーがしがみついて離してくれなくて、スーツが毛だらけになってしまいました。もちろん取ってから行ったのですか、どうやら毛が残っていたようで、少し払っただけで彼女は母と同じ症状が出ていました。本人は、恋人や事件の事で、頭がいっぱいだったようですから覚えているか分かりませんが……あの様子は、間違いありませんね」

悠斗さんは、確信を持ちながら話してくれた。

「それに、結菜さんに対して逆恨みをしていて場所も考えずに狙うような方なら、あの公園でも実行が出来たはずです。しかし、それをしなかった。多分あなたのそばにマロンちゃんも含めて三匹も猫が居たからでしょう。それ以上には、近づけなかったという訳です」

そ、そうだったの……？　言われてみれば確かに。

あのテントの時は、言うだけ言って、すぐに立ち去っていた。

ただ警告しに来ただけだと思っていたけど、猫が居たから立ち去っただけ？

なら、もし猫アレルギーではなかったら……。

想像しただけでも背筋が凍る。もしかしたら、あの時に殺されていたのかもしれないと思ったからだ。ガタガタと震え上がる私を悠斗さんは、優しく抱き締めてくれた。

「その事を早く言わなかったのは、私のせいです。あなたを怖がらせたくなかった。

警察にも話して警告も出しましたが、彼女は、無視する一方で……。どうしても、言い逃れが出来ない現行犯で捕まえたかった。そのために私は、あなたにすぐに帰るように言いました。あなたのところに警察や警備を固めて。でないと……警察は、まともに動けないし、彼女の刑も軽くなるので」

言葉を選びながら苦しそうに言ってくる悠斗さん。

きっと、たくさん悩んで、その決断をしたのだろう。私を守るために……。

私は、悠斗さんの立場を考えると責める事は、出来なかった。

彼なりに誠意を持ってやってくれた事だって、ちゃんと分かっているから。

すると悠斗さんは、私の手を握ってくる。

「不安な思いをさせてすみません。もう二度とあのような思いは、させません。一生大切にします。だから、また私との結婚を考えて下さい」

真剣な表情で、二度目のプロポーズをしてくれた。

この事件で、気持ちが離れてしまうと思ったのだろう。

でも私は、そんな事は、考えていない。悠斗さんを妻として支えたいと思った。

大変なお仕事だし、今回の事件は凄く怖かったけど、私にとっては悠斗さんを失うことの方が耐えられない。

「はい。お願いします」

それが、私の出した答えだった。

「結菜さん。ありがとうございます」

結婚式は、もうすぐ。私達は、また新たに気持ちを確かめ合うように抱き締め合った。


その後。あの女性は、脅迫罪と殺人未遂の容疑で告訴するという話になった。

しかし警察の事情聴取や悠斗さんとの面会で泣いていたと聞いた。

本人も凄く反省をしており、精神的にもかなり参っていたらしい。

愛していた恋人の逮捕に結婚破棄。そしてマスコミの取材やネットの中傷。

そのすべてが、彼女をこれほどまでに追い込んだのだろう。

決して他人事ではない。それに、あんなに派手に取り上げられたのもこちら側の原因でもある。彼女の気持ちを改めて悠斗さんから聞いたらそれ以上、彼女を責められなかった。

あの事件は、一生自分の心の傷として残るだろう。

思い出しただけでも震えるほど怖い。だが、お互いのために……。

私は、悠斗さんに罪を軽くしてもらうように頼んだ。

「本当にいいのですか？」

「はい。もう二度と彼女に会いたくはないけど、こちらにも原因がありますから」

「……分かりました。では、結菜さんの前には現れないようにと、罪が軽くなるように、こちらから話してみます」

「ありがとうございます」

これでいい。怖くないと言ったら嘘になるけど、彼女ばかり責められ、自分だけ幸せになりたいとは思わない。これは、彼女のためじゃない。

自分が、前を向いて幸せを摑むためだと思いたかっただけだ……。

悠斗さんの活躍のお陰で話し合いも上手く進み、いい方向に向かっているらしい。

これで彼女やその恋人が立ち直ってくれたら私は、嬉しい限りだ。

第八章・新婚旅行は、ハプニングつき!?

そんな中、結婚式の前撮りの日を迎える。空も晴天だった。

この日は、ウエディングドレスを着て、ウェルカムボードなどを撮るためにある。

式場には、マロン達を連れて行く事は、難しかった。ペット同伴を許可している式場が少なかったのと、お義母様が猫アレルギーだからだ。

しかしお義母様からペットを預かってくれるなら連れて来ても大丈夫だと許可を頂いた。

なので式場では、ペットシッターに見てもらうことに。

でもマロン達は、大切な家族。猫がきっかけで結ばれたのだから、記念に一緒に撮って写真に残したかった。

そのため近くの公園で前撮りをする事にしたのだ。

プロのカメラマンを頼み、悠斗さんと選んだウエディングドレスに着替える。

スタジオで着替え、公園に移動する事になっている。

こちらもプロのヘアメイクさんに頼み、派手ではなくドレスに似合うメイクをしてもらう。髪飾りは、白いバラにしてみた。

「大変お美しいです」

ヘアメイクさんも絶賛してくれた。そう言われると照れてしまう。

準備が整ったので悠斗さんを呼んでもらった。彼が部屋に入ると、お互いがその姿に驚いてしまった。

きちんとスタイリングした姿を見るのは、お互いに初めてだったからだ。

悠斗さんのタキシード姿は、オンラインで観るよりも何倍も素敵だった。

白いタキシード姿が、七五三分けの髪型と眼鏡に見事にマッチしていて彼の魅力を最大限に活かしていた。

高身長でスタイルがいい悠斗さんが着ると、まるでモデルのよう。

それを伝えると、悠斗さんは頬を赤く染めながら微笑んでくれた。

「オンラインで観たよりも綺麗なので驚いてしまいました」

「まぁ、悠斗さんったら」

私と似たことを言ってくるので、照れが先に来るよりも面白くてクスクスと笑ってしまう。

「あら？　ミルキーちゃんとショコラちゃんは？」

子猫達は、悠斗さんと一緒のはずだが？

ちなみにマロンは、着替えるまでずっと私のそばで大人しくしていてくれた。

「あぁ、撮影前なのでキャリーバッグの中に入れてもらいました。汚したら大変ですし、暴れたらいけないので」

「そうでしたか……」

それは、今頃早く出してと鳴いているだろう。早めに公園に向かう事にする。

車に乗り込み以前行ったあの公園に向かった。

公園に着くと、悠斗さんの手を取り歩いて芝生の方へ移動する。

ドレスのボリュームで歩きにくいが、マロンはそんな私達の後ろをついて来た。

それに、あの日の事件の事を思い出してしまう。

もしかしたら、この公園で殺されていたかもしれない。そう考えるとまだ怖くて来るのを躊躇していた場所だ。手が震えてくる。

「結菜さん、大丈夫ですか？　無理のようなら場所を変更しますが？」

「だ、大丈夫です。すぐに慣れますし、それに思い出の場所でもあります。ミルキーちゃん達も慣れた場所だし、嫌な思い出だけにしたくありません」

私が、ここを選んだ理由。ミルキーちゃん達が慣れた場所というのももちろんあるが、私達がピクニックをしたところだ。
これからもお世話になる場所を苦い思い出の場所にしたくはなかった。
今日で素敵な思い出の場所に塗り替えたい……。
悠斗さんもそれを理解してくれたのか、私の手をギュッと握ってくれる。
撮影予定の場所に着くと撮影スタッフの人達が準備をしてくれていた。
まずは、私と悠斗さんだけで数枚撮る。
そして私の個人の撮影は、マロンと一緒に撮る事に。
マロンを抱っこしながら、ニコッと微笑んで見せた。
猫には、人をリラックスさせる効果があるのか、自然に笑顔になれた。
マロンも大人しくカメラマンに視線を送ってくれる。
他にもゴロゴロと喉を鳴らしながら頬に顔を近づけてくれた。
「マロンちゃん。モデルのようにカメラ慣れしていますね」
男性カメラマンの方が、クスクスと笑いながら撮影をしていた。
普段から大人しいのもあるが、スマホでよく撮っていたので慣れたのかもしれない。
私の撮影が終わると、次は悠斗さんの番だ。
ミルキーちゃんとショコラちゃんをキャリーバッグから出して抱っこする。

しかし、やっと出られたのでミルキーちゃんは動きたくて仕方がないらしい。

撮影途中でミルキーちゃんは、スルスルと悠斗さんの肩に登ってしまった。

「こら、ミルキー。大人しくしていなさい」

「ニャー、ニャー」

ミルキーちゃんは、鳴きながら悠斗さんの頬にすり寄っている。

悠斗さんは「仕方がないな」と言いながら優しい表情。ミルキーちゃんにされるがままだった。素敵……。

タキシード姿の悠斗さんの頬にすり寄るミルキーちゃん、そのまま抱っこされているショコラちゃんなんてレアだわ!?

私もカメラマンと一緒にスマホで写真を撮った。

これ、スマホの待ち受け画像にしようかしら？　なんて考える。

「それでは、二人のツーショット写真を撮らせて頂きます。奥様は、こちらに」

「は、はい」

奥様と言われて心臓が、ドキドキと高鳴ってしまう。

私がドレスの裾の部分を軽く持ち上げて行くと、悠斗さんがニコッと微笑んでくれた。そして近くにいるマロンを抱っこする。

「はい。では、いきますよ～はい、チーズ」

カシャッとカメラのシャッター音が聞こえた。

大好きなマロン達と一緒に撮れてとても嬉しかった。

その後の写真もお互いに笑顔だった。いろんな表情の写真を撮ってもらう。

通りかかった子供や女子高生達に見られたりもしたが、年配の方に「おめでとう」とお祝いしてもらえた事が嬉しかった。

やはり、ここを前撮りする場所に選んで良かった。

素晴らしい思い出として残す事が出来たから。私は、悠斗さんと微笑み合う。

そして休憩のため子猫を下に降ろしていたら、ミルキーちゃんが何故かドレスの下に潜り込んでしまった。

「ちょっとミルキーちゃん!?」

モゾモゾとドレスの中に入ると足にしがみついてきた。

するとマロンやショコラちゃんまでもが、ドレスの中に入ってくる。

「ちょ……ちょっと、何故あなた達まで中に入って来るの!?」

慌てて移動して防ごうとするが、私を追いかけて入ってくる。

それを繰り返していたら悠斗さんやカメラマン達が笑っていた。

まるで追いかけっこをしているみたいだと……。

こうして楽しい前撮りの日は、いい思い出として過ぎていった。

そして本番の結婚式の日を迎える。こちらも晴天に恵まれた。

マロン達は、式場のペット用のスペースで、ペットシッターに頼んでその間だけ見てもらうことになっていた。

面倒を見てもらっている間に私達は、チャペルで結婚式を挙げる。

白いチャペルで、神秘的な雰囲気。席や背景には、白色のユリが、たくさん飾られてあった。少し緊張している様子の父と、一緒にバージンロードを歩く。

大企業の社長で人前に出る事に慣れている父でもこの日は、特別に緊張するらしい。

それが何だか新鮮で、普段見慣れない姿を見られて嬉しいと思ってしまう。

前で待つのは悠斗さんだ。私は、父のもとから悠斗さんのところに向かう。

そして手を取り合い牧師さんのところに歩いていく。

牧師さんの前に立つと誓いの言葉を問いかけられる。

「久保田結菜さん。あなたは、五十嵐悠斗さんを夫とし、神の導きによって夫婦になろうとしています。汝、健やかなる時も、病める時も。喜びの時も、悲しみの時も。富める時も、貧しい時も、これを愛し敬い、慰め遣え、共に助け合い、その命ある限り真心を尽くすことを誓いますか？」

「はい、誓います」

私は、緊張しながらも誓った。すると牧師さんは、悠斗さんに視線を向ける。

悠斗さんは、真っ直ぐに真剣な表情で前を見ていた。

「五十嵐悠斗さん。あなたは久保田結菜さんを妻とし、神の導きによって夫婦になろうとしています。汝健やかなる時も、病める時も。喜びの時も、悲しみの時も。富める時も、貧しい時も、これを愛し敬い、慰め遣え、共に助け合い、その命ある限り真心を尽くすことを誓いますか？」

「はい、誓います」

牧師さんの言葉にハッキリと悠斗さんは、誓いを立ててくれた。

私は、それを聞いて胸がジーンと熱くなるのを感じる。彼と夫婦になる実感がこみ上げてきた。

そして私達は、指輪の交換をする。悠斗さんは、私の左手の薬指に結婚指輪をはめてくれた。キラッと光るシルバーの指輪は、幸せの証だと思った。

そして次に私が、悠斗さんの左手薬指に指輪を持って行く。

ドキドキと緊張しながら薬指に結婚指輪をはめた。

何とか上手くはめられたが、悠斗さんが私と同じ結婚指輪をはめていると思うと何だか不思議。でも、それすら素敵だと思う。

「では、誓いのキスを」

牧師さんの言葉に心臓が、ドキッと高鳴った。人前でするなんて恥ずかしい。

狼狽える私とは裏腹に、悠斗さんは、真剣な表情でこちらを見て少し距離を縮めてきた。

そんな悠斗さんの耳が、赤く染まっていることに気づいた。あっと思ったら口元が緩みそうになる。我慢、我慢。

お互いに見つめ合うと悠斗さんは、ベールを上げた。

さらに心臓が、ドキドキと高鳴ってうるさいぐらいだ。

そして、触れるような優しいキスをしてくれた。お互いに目が合うと照れてしまい苦笑いする。

こうして挙式が無事に終わった。次は、盛大な披露宴だ。

たくさんの友人や招待客が、お祝いに来てくれた。父に気合いを入れて豪華にやれと言われたが、私達はお互いに派手なのは好まない。

その代わり席次表や飾り付けまで猫をモチーフにし、細部までこだわった。

この前撮った写真の一枚をウェルカムボードにした。席次表や席札も猫もだ。ひと目で私達の猫好きが分かるようになっている。

猫をイメージしたウェディングケーキは、友人達に可愛いと言ってもらえて好評だった。満足する形になって嬉しい。

お色直しをした後、お互いの子供の頃の写真が動画で流れる。

幼少期の頃の悠斗さんは、眼鏡はかけておらず、天使みたいに可愛かった。

高校の頃の悠斗さんは、今と変わらずカッコ良かった。きっとモテただろう。

私達が、もし同級生として、同じ学校で出会っていたら、どんな風に出会っていたのだろうか?

きっと最初は、パーティーの頃と一緒で近寄りがたい印象だっただろう。

でも、猫好きな姿や彼の優しさに触れて、今と変わらずに好きになっていたはずだ。

そう思える自信が私には、確かにあった。すると悠斗さんが、私に……。

「どうかしましたか? 何だか嬉しそうですね?」

「えっ? えぇ……ちょっと想像をしていました。もし私と悠斗さんが同級生で同じ学校に通っていたらどうやって出会っていたのだろうなぁって」

「あぁ、そうですね。きっと私は、変わらずに結菜さんを見て綺麗だと思っていたはずです。そして、しばらく片思いをしていそうですね」

「えっ？　私がではなくて？」

「はい、自分がです。弁護士の勉強ばかりしていた歳ですから。恋愛の仕方が分からずに、きっと遠くから見ていたでしょう」

　悠斗さんは、そう言いながらクスクスと笑っていた。

　もう……それだとお互いに片思いになってしまう。私は、呆れながらも笑った。

「なら、きっかけはきっと猫ですね。あの頃はマロンは産まれてなくて、違う猫を飼っていました」

「えっ？　何の種類の猫ですか？」

　すぐさま、その話に食いつく悠斗さんに私は、可笑しくなりまた笑う。

　やっぱり悠斗さんと仲良くなるきっかけは、猫だろうと思った。

　私が嬉しそうに話しているとテーブルの下から手を握ってくれた。

　そのぬくもりに私は、とても幸せな気持ちになったのだった……。

　そして、披露宴も無事に終わった。出席者一人一人に挨拶をして引き出物を渡したのだが、もちろん猫に関するギフトも入っている。

私達は、着替えるために控室に戻ろうとした。

この後は、新婚旅行だ。新婚旅行には、北海道《ほっかいどう》に二泊三日で行くつもりだった。

本当は、ハワイやパリとかに行きたいところだが、私達にはペットが居る。

マロンと一緒にミルキーちゃんとショコラちゃんを実家に連れて行き、旅行の間は預かってもらう予定だった。

悠斗さんも結婚式と新婚旅行に合わせてスケジュールを調整してくれたがその後は、仕事が詰まっている。忙しい方なので仕方がない。ゆっくりしてもらいたいが。

北海道には、明日の朝から出発する事になっている。

挨拶を終わらせ、着替えが終わると悠斗さんと一緒にマロン達を迎えに行く。

「あなた達、お待たせ。さぁ帰りましょう」

「ニャー、ニャー」

私達を見るなり早く出してと騒ぐミルキーちゃんとショコラちゃん。マロンも寂しそうに鳴いていた。

ペットシッターさんが居るとはいえ、狭いスペースで待たされたので退屈だったに違いない。

「ごめんね。退屈だったし、寂しかったね」

よしよしと頭や身体を撫でてコミュニケーションを取った。

そして自分達の自宅に連れて帰る。

今日はゆっくりさせて、明日の朝に預けに実家に行こう。

しかし、それがハプニングの元になるとは、その時は、夢にも思わなかった……。

実家に着くとシャワーを浴びて、やっとひと息つく。

私は、カモミールのハーブティー。悠斗さんには、コーヒーを淹れた。

さて、時間もそろそろ遅い。子猫達を寝かせないと……。

後は、私達の時間だ。しかし、やっと解放されたのが嬉しいのか妙にハイテンションな三匹だった。

バタバタとキャットタワーに登り出すし、動き回る。

「ほらほら。マロンもミルキーちゃん達は、そろそろ寝る時間よ」

子供に言い聞かすように私は、優しい口調で伝えた。だが、まったくやめる気配はない。

むしろ、もっと遊びたそうにしっぽを振って、上に移動していた。

珍しくマロンも言う事を聞かないし……。

困ったわね。これだとなかなか二人になれない。今日は、新婚の初夜。

二人でお茶を飲みながら、ゆっくりと悠斗さんと過ごしたかったのに。

それに、これだと甘い雰囲気にもなりにくいし。

「珍しいですね。ミルキーはともかく、マロンちゃんまで言う事を聞かないなんて」

「はい。待たせてばかりいたからストレスが溜まっていたのかしら？」

悠斗さんの言う通りだ。普段のマロンは、賢いぐらいに聞き分けがいい。

やはり長く待たされて退屈だったのだろう。

私は、チラッと悠斗さんを見る。すると苦笑いしていた。

「仕方がありませんね。本音は、結菜さんと二人になりたいところですが、寝るまで遊んであげましょう」

「……そうですね」

仕方がないわよね。長時間待たせちゃったし。

私も苦笑いしながら、その案を受け入れる。しかし、この子達を侮っていた。

それから二時間も遊んであげたのだが、まったく寝る気配はない。

どうして？　今頃の時間なら、とっくにケージに入って寝ているのに。

「これは、どういう事でしょうか？」

「興奮気味なのかもしれませんね。あまり構い過ぎるのもよくありませんし。そろそろ部屋を暗くして、我々も寝ましょう。明日の出発は、早いので」

「はい」

まだ遊び足らなさそうだが、仕方がないわよね。

私達は、部屋の電気を消して寝室に入った。猫がこちらに入らないようにドアも閉める。

ふぅ……これで、やっと二人になれたわ。

私がため息を吐くと悠斗さんが抱き締めてくれた。

そうよ……夜は、これから。私は、静かに目を閉じた。だが……。

「ミィー、ミィー」

ショコラちゃん達が鳴きながらドアをガリガリと開けたがっていた。

うっ……凄く気になるけど、キスに集中。

しかし、しばらくするとガッシャンと凄い物音がする。な、何!?

私と悠斗さんは、慌ててリビングの方のドアを開けた。

電気をつけて辺りを見渡すとミルキーちゃんが、キッチンの台のところに居た。

まさかと思いそこまで行ってみると、ヤカンと鍋が床に落ちていた。

「ミルキーちゃん。あなた何をやっているの!?」

「ニャー」

ミルキーちゃんは「どうしたの？」と言いたそうにしっぽを振っていた。これは、ワザと？

さっきから邪魔ばかりされているような気がする。

私と悠斗さんは、ハァッ……とため息を吐く。もう疲れて怒る気力もない。

ラブラブな時間を過ごすのを諦めて、マロン達を寝室に連れて行く事にした。

そしてベッドの上に寝かせてあげる。私達もベッドに上がり布団の中に入る。

すると暴れまわっていたミルキーちゃん達は、遊ぶのをやめて静かに身体を丸くした。あれ？　大人しく寝るの？

またベッドの上でも甘えてきたりするものだと思っていたが……。

「あら、どうしたのかしら？」

「猫は、もともと気まぐれな性格をしていますからね。遊び飽きたのかもしれませんね」

「なら、もう少し早く飽きてほしいものだわ」

「フフッ……まったくですね」

お互いにマロン達を見ながら笑い合う。本当……お邪魔虫ね。

私はマロンの身体を優しく撫でてあげた。

その日は甘い初夜とはならなかったが、それはそれで幸せな初夜だったのかもしれない。悠斗さんと寄り添いながら眠るが、なかなか寝付けなかった。

そのせいで、あんな事になるなんて思わなかったが……。


次の日の朝。私達は、朝から寝坊をしてしまった。

目を覚ますと七時過ぎだった。ちなみに飛行機の出発時間は、八時十五分。

実家にも寄らないといけないのに、どう考えても間に合わない。

普段こんな事は、絶対にやらかさないのに。

「どうしましょう!? 絶対に間に合いませんよ。今から準備をしても」

「とにかく今から、予約した便は電話でキャンセルします。次の便のチケットがないか聞いてみます。もしかしたらキャンセルがあるかもしれませんので」

「わ、分かりました。とにかく支度をしてきます」

私は、バタバタと支度を始める。急いで着替えて、メイクは後回しだ。

それからマロン達にエサをあげて朝食を……あぁ、作っている時間がないわ。

仕方がないので、車内で食べられるおにぎりを握った。

「結菜さん、次の便のチケットが取れました。丁度キャンセルが入ったそうです」

「本当ですか？　良かった……」

「次の便は、八時四十五分です。すぐに行けば、何とか間に合うかと。ご実家には、私から説明しておきます」

「では私は、早めに荷物をまとめておきます」

荷造りは、すでに終わっている。残りは、自分の手提げバッグに入れるのみだ。

しかし慌てている時に限って問題が起きるもの。

私と悠斗さんがバタバタしている時にミルキーちゃんは、エサを食べ終わり荷物の近くで遊んでいた。

用意が終わった私は、ミルキーちゃんとショコラちゃんをキャリーバッグに入れようとした。あれ？　ミルキーちゃんは、何処に行ったのかしら？

ショコラちゃんとマロンは居るのに、ミルキーちゃんだけが居なかった。

「ミルキーちゃん～何処に居るの？」

私は大声で呼ぶが、まったく返事も無ければこちらへも来ない。

いつもなら、すぐに寄って来るはずなのに。だが悠長な事は言っていられない。

早く見つけて連れて行かないと……。

「ミルキーちゃん？」

「どうかされましたか？」

「悠斗さん、大変です。ミルキーちゃんの姿が何処にもなくて。もしかして何処かに隠れて遊んでいるのかも」

「えっ？　とにかく急いで探してみましょう」

「は、はい」

私と悠斗さんは、二手で分かれて探した。急がないと……。

猫は、隙間が好きなのでタンスやベッドの下なども探した。ケージの中にも居ない。

キャットタワーやカーテンの近くにも居ない。

いつもならその近くで遊んでいるのに……おかしいわね？

「結菜さん、居ましたか？」

「いえ……まだ」

「困りましたね。ミルキーだけ置いて行く訳にもいきませんし」

「そうですねぇ……」

このままでは間に合わなくなる。最悪マロンとショコラちゃんは、実家に預けてミルキーちゃんだけペットシッターさんに頼む？

いや、それだと急に居なくなった私達に気づいたら不安がるかも。取り残されたと知って余計に怖がってしまい、可哀想だ。

「とにかくギリギリまで探してみましょう」

「は、はい。そうですね」

悠斗さんの言葉でハッとする。そうよね……まだ諦めたらダメ。最悪な状態を避けるためにも私達は、必死にミルキーちゃんを探した。しかし、あちらこちらを探しても何故か見つからない。おかしい。

ミルキーちゃんから出てきてくれたらいいのだが、そんな気配はないし。もしかして何か見落としているのかしら？　他に探してないところは？

そう考えながらチラッと壁掛け時計を見てみる。

「あ、もう八時過ぎている!?」

必死に探していて時間まで把握していなかった。どうしよう。

普段ならやらないトラブルが続いている。すると、その時だった。

「あ、結菜さん。居ました、ミルキーが!!」

「えっ!?」

悠斗さん呼ぶ声が聞こえ、慌てて向かう。そこは、玄関そばだった。

覗いてみると私が用意した少し大きめの手提げバッグの中に入っていた。

すっぽりと入ったミルキーちゃんは、スヤスヤとまだ眠っていた。

「同じところばかり探していたので、視点を変えたらすぐに見つかりました。中に入って遊んでいたら、そのまま寝てしまったようですね」

「もう……なんて人騒がせな」

私は、呆れながらため息を吐いた。だが、すぐにハッとする。

「それより大変です。もう八時を過ぎています」

「……弱りましたね。とにかくもう一度連絡をして……」

悠斗さんは、スマホを取り出して次の方法を考えていた。

するとマロンとショコラちゃんが、こちらに来た。

そういえば、この子達も普段と違う行動をしているのよね。

マロンなんて知らん顔だし。普段なら協力的なのに。

もしかして旅行に行ってほしくないの？

だから、あんなに邪魔ばかりするのかしら？

もしそうなら、納得する部分もあった。猫は、寂しがり屋だから。

「悠斗さん。今回の新婚旅行は、取りやめませんか？」

「えっ？」

「この子達、きっと寂しいのだと思います。だから、あんな事をして気を引こうとしたのではないかと思って」

あくまでも私が考えた仮説だけど。すると悠斗さんは、電話をするのをやめる。

「結菜さんは、それでもいいのですか？」

「はい。悠斗さんと新婚旅行に行けなくなるのはとても残念ですが、また機会を探せばいいですし。それよりもこの子達が大切です」

本音は、凄く行きたい。でも、必死に行かせないようにするこの子達を見ていたらそこまでして行きたいとは思わなかった。

新婚旅行ではないけど、また機会を作って行けたらいいな。

すると悠斗さんは、優しく私の頭を撫でてくれた。

「分かりました。では、そのようにキャンセルします」

ニコッと笑ってくれた。なんだろう。

凄く残念なのに、あたたかい気持ちになった。不思議な気持ちだ。

結局、飛行機と泊まる予定のホテルは、キャンセルする。実家にも電話で謝っておいた。春子さん、残念がっていたけど。

二泊三日は、予定も空白だ。うーん。これから、どうしようかしら？

せっかくの休みだし、のんびり過ごすのも悪くないけど普通だし。

普段と違う事をしたいわね。せっかくなら……。

「あ、そうだわ。せっかくなら、旅行気分を味わいませんか？」

「旅行気分……ですか？」

悠斗さんは、ソファーに座りながら聞き返してきた。

彼はソファーの上で起きたミルキーちゃんとショコラちゃんを抱っこしていた。

「はい。正確には、旅行に行ったふりをするのです。ごっこ遊びみたいなものですね。豪華な食事を用意して、お風呂は、銭湯にでも行きましょう。そして着物なんか着て過ごしたらいかがですか？」

あくまでも気分だけだが、少しでも楽しめたらいい。悠斗さんは、クスッと笑う。

「いいですね、そのアイデア。私は構いませんよ」

「良かった……では、決定ですね」

悠斗さんに賛成してもらい、ちょっと楽しくなってくる。

ごっこ遊びって、いつぶりだろう？　懐かしくてワクワクしてきた。

「まずは、お昼。どうしようかしら？」

旅行のはずだったから食材が、冷蔵庫の中に入っていない。買い物しないと。

「そうですねぇ……でしたら、ウナギとかどうですか？　せっかくなら、豪勢に出前でも取りましょう」

「あーいいですね。ウナギは、精がつくと言いますし」

自分で言っておきながら、あっと思った。

「あ、あの……元気になるとかの意味ですので」

慌てて弁解する。けして変な意味ではありませんので。

すると悠斗さんも意味を理解したのか頬を赤くしていた。そして咳払いをする。

「……分かっています。本来は、『元気に励む』とか『よく活動する』とかに使う言葉なので」

「そ、そうですよね」

あぁ、恥ずかしい。自分一人で勘違いしちゃったわ。

これだと私が、変に期待をしているように聞こえてしまう。穴があったら入りたい。

そう思いながら照れてしまう。

悠斗さんも少し照れながらもスマホで美味しいウナギを探してくれた。

そしてお昼頃に出前で届けられる。特上ウナギのお重だ。肝のお吸い物もある。

「うわぁー美味しそう」

「久しぶりのウナギですね。早速いただきましょう」

私と悠斗さんは、箸を割ると一口食べてみた。香ばしくていい匂い。

それに炭火焼で焼いたウナギは、プリッとして柔らかい。

甘辛いタレとも相性が抜群だった。ご飯が何杯も食べられそう。

「美味しい〜」

「そうですね。何だか贅沢な気分になりますね」

私と悠斗さんは、満足しながら食べていた。すると匂いにつられたのか、ミルキーちゃん達がこちらに集まってきた。テーブルの下から鳴いている。

「ミルキーちゃん達はダメよ。人間用に味付けしたやつだから」

ウナギは食べさせても大丈夫だが、人間用に味付けされたものは、身体に悪い。味付けされていないものを少し食べる程度ならいいらしいが。

「今度猫用のウナギを使ったおやつがないか、調べてみますね」

悠斗さんが優しく言うのだが、足元にしがみついてきた。こらこら。

お互いに苦笑いしながらウナギを食べた。

食べ終わると次は、何処に出かけようかしら？

あ、でもマロン達が居るから難しいわね。うーん。

旅行した時の予定として考えていたのは、悠斗さんとお洒落なカフェに行く事だった。

そうだわ。お家カフェっていうのもいいわね。

お洒落なカフェとまではいかないけど、パンケーキを作りましょう。

目的が決まれば、お買い物だ。あいにくそれも食材が足りなかった。

「悠斗さん。これから買い物に行ってきますね。何か欲しいものとかありますか？」

「特には。私も一緒に行きますが、荷物があるでしょうから」

「大丈夫です、車を呼びますから。デザートと夕食に期待していて下さい」

私は、張り切りながら買い物に出かける。重かったら運転手の田中さんに運ぶのを手伝ってもらえばいいし。

近くの大型スーパーに向かう。その間にあるところに電話をした。

そして大型スーパーに着くと食材をたくさん買い込む。

あ、ビールも買おう。あとは、何があると嬉しいかしら？

新婚旅行を思い浮かべながら買い物をする。何だか旅行の準備をしている気分だ。

旅行って準備をしている時が、また楽しいのよね。

私は、フフッと思わず口元が緩んでしまった。おっと……いけない、いけない。

必要な物だけ買って早々と家に帰宅。

そういえば、父が結婚したから新しい家を建ててやると言っていたわね。

今度どんな家にするか悠斗さんと相談して見学に行ってみよう。


そして自宅に着くと冷蔵庫に食材を入れた後にパンケーキを作る準備をする。

「今から何を作るのですか？」

「パンケーキを作ろうと思いまして。お家カフェのつもりで」

「お家カフェですか⁉　しかもパンケーキとは、凄いなぁ～」

「はい。楽しみにしていて下さい」

私は、張り切りながら手を洗い、作り始める事にした。

まずは、下準備。薄力粉二十グラムを振って、バターを温室に戻しておく。

そしてボウルにそのバターを入れ、軽く泡立て器で馴染ませるように混ぜながら卵の黄身も入れる。

馴染んだら薄力粉も入れてさらに混ぜ、なめらかになったらベースの生地が完成。

次に別のボウルに卵の白身とレモン汁を入れると、ハンドミキサーで泡立てる。

全体的に白くなったら砂糖を三十グラムの半分入れてさらに混ぜ合わせる。

しばらくしてモコモコになってきた頃に残りの砂糖を入れる。

さらに混ぜてメレンゲを作る。

出来たらハンドミキサーではなく、泡立て器で軽く馴染ませた。

そしてメレンゲの半分をさっき混ぜた黄身と一緒にして混ぜた。残りの黄身も加える。

ゴムベラに持ち替え、メレンゲの白さが少し残るぐらいで完成。

さてフライパンで焼かないと……。

フライパンにサラダ油を薄く引き、ゴムベラですくった生地を二つフライパンに落として弱火で焼く。三分経ったらフライ返しでひっくり返す。そしてまた片面を三分焼いた。

そして新たにひっくり返すと水大さじ一杯を加えて蓋をして二分焼き、またひっくり返して大さじ一杯の水を加え二分焼いたらスフレパンケーキの完成だ。

「これは、素晴らしい。見た目でも分かるぐらいにフワフワですね」

「フフッ……驚くのは、まだですよ」

私は、クスクスと笑いながらミルクチョコレートと生クリームを用意する。

チョコレートを手で割ると包丁で細かく砕いていく。

砕いたチョコレートを泡立て用のボウルに入れた後に、お湯の入った大きめのボウルに当てて溶かした。

溶けてきたら生クリームを少しずつ数回に分けながら混ぜた。

そして湯せんを捨てると、冷水と氷を入れ、冷やしながらしっかりと泡立てる。

「大変そうですね。私が代わります」

悠斗さんが代わりに泡立ててくれた。さすが男性だ、体力があるわね。

私は、その間にもう二枚パンケーキを焼いた。

そして焼き終わったパンケーキにチョコの生クリームをたっぷり乗せる。

最後にココアパウダーを振ったらチョコ生クリームパンケーキの完成だ。

「なんて豪華で美味しそうなのでしょう。食べるのが勿体ないですね」

悠斗さんは、感動しながらそう言っていた。いや、食べて下さい。

私は、クスクスと笑いながらもう一皿盛り付ける。

さて、出来上がったらお家カフェの開店だ。私は、それっぽく振る舞う。

「当店自慢のチョコ生クリームパンケーキとコーヒーでございます」

テーブルにパンケーキとコーヒーを置いた。

「ありがとうございます。では、いただこうかな」

悠斗さんは、ニコッと微笑むと一口食べてくれた。お味は、どうかしら？

「これは、絶品ですね。中が、フワフワで柔らかい。それにチョコ生クリームが、上品な甘さで美味しいです」

「まあ、ありがとうございます」

そんなに褒められると嬉しいけど照れてしまうわ。

すると悠斗さんは、クスッと笑う。

「それに、ここの店長さんは、美人だからですかね？　毎日でも通いたいぐらいだ」

そう言いながら私の手を握ってきた。ドキッと心臓が高鳴る。

もう……悠斗さんったら。キザな台詞を言うのだから。

「ダメですよ、営業中です」

「フフッ……なら、お仕事が終わったらデートしませんか？」

「そ、そんな……」

何だかムードは、イケメン男性にナンパされた女性店長になってしまった。

パンケーキより甘いムードになっていく。意外と悠斗さんは、ノリノリだった。

いつの間にか引き寄せられキスされる。さらに甘い雰囲気になっていく。

このまま流されてもいいかも……。

「ニャー」

えっ？　テーブルの方を見るとミルキーちゃんとショコラちゃんが近づいていた。

私は、慌ててパンケーキの皿を取り上げて防止する。危なかった……。

どうやら間に合ったようだった。食べた様子はない。

「あ、危なかったですね」

「えぇ、本当に……」

生クリームは、与え過ぎなければもし食べても問題ないけど、チョコレートは有害な食材。嘔吐やお腹を壊す恐れがあり危険だ。

本人達は、食べたそうに鳴いているが、与える訳にはいかない。

豪華にと思ったが、この子達が居る時は、やめた方が良さそうね。

せっかくの甘いムードが台無しになってしまったわ。

ちょっと残念な気持ちになってしまった……。

そして夕方になると銭湯に行った。ゆっくりと大きなお風呂に入り、浴衣に着替える。旅館気分を味わった。私は、白色に紫の牡丹の柄の浴衣にした。帯は、濃い紫色だ。悠斗さんは、ダークネイビーの浴衣。帯は、薄い紫色だった。

大人の雰囲気で、とてもよく似合っている。

「悠斗さん。カッコいいです」

「そうですか？　結菜さんほど似合いませんが……」

「そんな事はないですよ。凄く大人っぽくて素敵です」

端正な顔立ちに背の高い悠斗さんが着ると、本当に絵になる。

モデルのような立ち振る舞いの彼を、通りすがりの女性達が振り向いて見ていた。

私も見惚れてしまうほどだ。すると悠斗さんは、こちらを見てニコッと笑う。

「さぁ帰りましょうか？　ミルキー達が待っていますから」

「はい。そうですね」

私達は、自然と手を繋いで駐車場まで向かった。

その姿は、新婚夫婦というよりカップルに見えただろう。

悠斗さんのあたたかくて優しい手に私は、嬉しさを感じるのだった。

そして自宅に着き、夕食の支度をしているとインターフォンが鳴った。

あ、もしかしたら、来たのかしら!?

インターフォンに出るとやはりそうだった。私は、すぐに対応して受け取る。

「何か届いたのですか？」

「はい、見て下さい。お刺身の盛り合わせです」

「これは、凄いですね。どうして？」

「買い物の時に料亭に電話をして頼んでおいたんです。本当は、出前はやっていないのですが、常連なので事情を話して特別に持ってきてもらいました」

そこの料亭は、お見合いにも使ったところだ。料理長に無理を言って作ってもらった。

やはり旅行気分を味わいたいのなら料理だろう。

北海道の新鮮な魚介類ではないが、こちらもその日に獲れた新鮮な魚だ。

料理長がさばいてくれたマグロの赤身、中トロ、大トロ、サーモン、タイなどを盛り合わせにしてもらった。

これをお酒を飲みながら食べたら美味しいだろう。

「そうでしたか……ありがとうございます。しかし豪華ですね」

「もう少し待っていて下さい。すぐに残りのも作りますから」

「あぁ、慌てなくても大丈夫ですよ。私も手伝います」

そう言うと悠斗さんは、手伝ってくれる。

そして出来たらソファーの方のテーブルに並べた。お刺身の盛り合わせの他に茶碗蒸し、レンコンとゴボウのきんぴら、冷奴、筑前煮、天ぷら、菜の花のおひたし。あと炊き込みご飯と野菜いっぱいのお味噌汁。

「これは、豪勢ですね。盛り付けも綺麗だし、まるで旅館に来ている気分だ」

「気分だけでも味わって下さい。さぁ、どうぞ」

私は、冷えたビールを持ってきた。そして悠斗さんにお酌する。

気分は女将だ。悠斗さんは、お酌をしてもらうと口をつける。

「うん、美味しい。家でこんな贅沢が出来るなんていいですね」

「あっ……家の話は、禁止です」

「ハハッ……すみません。では、女将さんもどうぞ」

悠斗さんは、クスクスと笑いながら私にガラスコップを差し出してきた。

私は、もう……と言いながらコップを受け取り、お酌をしてもらう。

ゴクゴクと飲み干すと冷たくて美味しかった。ふぅーとため息が漏れる。

「いい飲みっぷりですね。もう一杯いかがですか？」

「あら、頂こうとかしら」

そう言いながら、つい調子に乗って飲んでしまう。やっとひと息ついた。

ちょっとほろ酔い気分だ。悠斗さんは、クスッと笑うと刺身に手をつけた。

「あぁ、さすが旅館の刺身ですね。新鮮で美味しい。女将さんも一口いかがですか？

本当に美味しいですよ」

そう言いながら、マグロの大トロを私の口元に持ってきて食べさせようとしてきた。

本来なら恥ずかしがるところだが、ほろ酔いの私はそのまま食べさせてもらう。

うん……美味しい。脂も乗っていて新鮮だわ。

「もう一口どうですか？」

「……もう一口」

何故か悠斗さんに食べさせてもらう。しかも何回も。

ビールもおかわりすると完全に酔ってしまう。

いつの間にか、悠斗さんの肩にもたれてウトウトしていた。

「結菜さん。そんなところで寝たら風邪ひきますよ？」

「……もう飲めません……」

「おやおや。完全に酔ってしまいましたね」

悠斗さんは、クスクスと笑いながら私をお姫様抱っこしてくれる。

テーブルでは、マロンとミルキーちゃん達が刺身を食べていた。

「刺身は、食べてもいいですが他は、ダメですよ？」

悠斗さんは、そう言うと私を連れて寝室に運んでくれた。

その後の記憶は、おぼろげだった。

何となく覚えているのは、私からキスを求めた気がする。それから……。

「悠斗さん。もっとギュッと抱き締めて下さい」

「おや？　酔った結菜さんは甘えん坊さんですね」

「……悠斗さん、早く～」

「はいはい。お望みのままに」

悠斗さんは、ギュッと抱き締めて、たくさんキスをしてくれた。私は、酔いながらも幸せだと思った。

第九章・新しい命。

朝、カーテンの隙間から輝く光で目を覚ました。

「あら……？　朝？」

確か悠斗さんと夕食を食べたはずなのに、それ以降は記憶がなかった。

私どうしたのかしら？　頭が痛い……。

ベッドから起き上がると隣で悠斗さんが眠っていた。しかも上半身が裸のままで。

えっ？　よく見ると自分もだった。

「う……ん」

すると悠斗さんが目を覚ましたようだった。

「あ、おはようございます」

「……おはようございます。調子は、大丈夫ですか？」

「はい。大丈夫です。あの……あの後、どうなったのでしょうか？」

酔っぱらって失態を犯してないといいのだけど。

すると悠斗さんはクスッと笑う。

「あの後、大変でしたよ。片付けをしないといけないのに、結菜さんが私を離してくれなくて」

「す、すみません。私ったら……はしたない」

悠斗さんは、クスクスと笑いながら私の頬に触れた。

「悠斗さん？」

「でも、とても楽しかったですよ。美味しいパンケーキを焼いている美人店長さんに豪華な料理を提供してくれた美人女将さん。どれも素晴らしかったです。こんな素敵な旅行をしているのが、私だけだなんて世界で一番贅沢者ですね」

甘く優しい言葉で言ってくれた。悠斗さん……。

ドキドキと心臓を高鳴らせて彼を見つめていると、キスをしてくれる。甘いキスに酔いしれる。しばらくベッドの上で二人の時間を楽しんだ。珍しくのんびりしている。

「あら、マロン達は？　やけに大人しいですよね？」

「昨日は、あれから覗いたらお刺身を全部食べて満足げに寝ていましたよ」

「まぁ、全部？　あの子達ったら……」

「たまには、いいのではないですか？　お陰でゆっくり出来ましたから」

「フフッ……そうですね。あ、そうそう。昨日伝え損ねたのですが、父が家を建ててくれるそうですよ。今度見学に行ってみませんか？」

昨日言い忘れた事を伝えた。すると悠斗さんは、驚いていた。

「この間にそれっぽい事を電話で言っていましたが、本当だったのですね。何だか申し訳ないですね。私が、建てないといけないのに」

「いいと思いますよ。せっかくのご厚意なのですから」

真面目な彼は気にしていたが、私は賛成だった。

いずれ産まれてくる子供の事を考えると家が欲しいところだ。

今のマンションは、悠斗さんが一人暮らしで住んでいた部屋だけど、家族が増えたら狭くなるだろう。子供……。そう考えたら頬が赤くなってしまう。

「頬が赤いですが、どうかしましたか？」

「あ、いえ……その。私達の子供の事を考えていました」

「子供ですか……いいですね。私達の子供は、可愛いでしょうね」

子供の話になると悠斗さんは、嬉しそうに反応してくれた。

思わぬ反応に私も嬉しくなる。もしかして子供好きなのだろうか？

「はい。悠斗さんは、男の子がいいですか？　女の子がいいですか？」

「そうですね。どちらも可愛いと思いますから迷いますね。結菜さんに似ていたら、なおさら可愛いと思います」

「まあ、悠斗さんったら……」

彼の言葉に余計に照れてしまう。私は、悠斗さん似がいいなぁ。

悠斗さんに似ていたら、きっと優秀で心の優しい子に育つはずだ。

するとフッと前に見た夢の事を思い出す。

あの夢の夫は、確かに悠斗さんだった。ミルキーちゃんとショコラちゃんも居た。

だとしたら、あの遊んでいた小さな男の子は、未来の息子だろうか？

私は、そんな気がしてならなかった。まだ見ない私と悠斗さんの子供。

何だろう。そう思ったらお腹の辺りにあたたかさを感じた。

「私……子供は、男の子な気がします」

「えっ？　どうしてそう思うのですか？」

「何となく。その子が、そう言っているような気がして」

確証がある訳ではないけど、そう願ってしまう。何故かしら？

すると悠斗さんは、私を優しく抱き寄せてくれた。

「その子が、そう願うか。フフッ……そうかもしれませんね。なら、私もそう願っておきます」

「……はい。お願いします」

二人でそう話しながらクスクスと笑い合う。すると……。

「ニャーニャー」

ドアの外で猫達の鳴き声が聞こえてくる。ガリガリとドアを開けたがっていた。

あらあら、マロン達が起きてきたのね。すると悠斗さんが、ベッドから降りた。

「結菜さんは、ゆっくりしていて下さい。私は、この子達にエサをあげて来るので」

悠斗さんは、近くに脱ぎ捨ててあった服を着るとそのまま寝室から出て行く。

そうしたらマロンがしっぽを振りながら顔を出してきた。

「マロン、おはよう。こっちにいらっしゃい」

「ニャー」

マロンは、いつものように走り出すとベッドの上にジャンプしてこちらに来てくれた。私は、そんなマロンを優しくギュッと抱き締めてあげる。

しばらくしてシャワーを浴びてからリビングに行くと、昨日の夕食の残りが温めて用意してあった。

「昨日あまり食べられなかったので、冷蔵庫に入れておきました。お昼近いですが、朝食として頂きましょう」

「はい」

私は喜んで返事をしてテーブルに座った。

時間を見てみると、もうすぐ十時。もうこんな時間になっていたのね。

ゆっくり出来たけど、外出を出来ないのが少し勿体ない気がしていた。

せっかくの新婚旅行なのに……。

しかし、普段と違うマロン達の行動が私達に意外な顛末をもたらすのだった。


夕方から天気が崩れてきた。夜になると小雨が降り出してくる。

ニュースでは『今夜辺りから関東と北海道を中心に大雨が降るでしょう。予報には十分に気を付けて明日はお過ごし下さい』と言っていた。

えっ？　そんなに降るの？

梅雨明けはまだしてないが、そろそろだろうと言われていた。

「明日は、大雨になるかもしれませんね」

「そうですね。明日の夕方分の食料はありますから安心だわ」

これなら明日は、雨の中買い物に行かなくても済みそうだ。

田中さんに送り迎えを頼むとしても雨の中は、大変なのよね。

それに本来なら明日新婚旅行から帰って来るはずだった。大雨の帰宅だったわね。

私と悠斗さんは、そんな悠長な事を考えていた。

しかし次の日。思った以上の土砂降りになり、外はまるでバケツをひっくり返したような大雨が降っている。風も強いし雷も鳴っていた。

私は、心配になって窓から外の景色を見ていた。

「凄い雨ですね。今頃帰る時だったら大変だったわ」

これは、傘をさしていても意味がなかっただろう。雨風で傘が飛ばされるか、骨組みだけになっていたわね。それに雷が鳴っていて危ないし。

「ミィー、ミィー」

ミルキーちゃん達は、雷が怖いらしく、音がするたびに鳴いていた。

ソファーに座っている悠斗さんのそばから離れない。マロンも私のそばにずっと居る。

「そうですね。前日の天気予報では、小雨程度だと言っていましたが。天気は気まぐれですから、途中で雨雲の進路が変わったのかもしれませんね」

悠斗さんは、新聞を読みながらコーヒーを飲んでいた。

確かに天気予報は、とにかく変わりやすい。朝とお昼の予報が違う事もよくある事だ。

私は、外を見るのをやめてテレビをつける。

すると丁度ニュースで、天気予報が流れていた。

『現在、豪雨警報が発表されており強い雨風となっています。そのため全空港、特に東京《とうきょう》、北海道などの便は、運行を見合わせています。引き続き注意が必要な状況です』

えっ？　それって……。

「あのまま新婚旅行で北海道に行っていたら、もしかして今日帰れなかったかもしれませんね」

「えぇーっ⁉　そんなぁ……」

だとしたら、大変な状態だった。二泊三日の予定だったし、帰れないと悠斗さんは、明日大事な仕事があったのに。

それに、ミルキーちゃん達のお迎えも出来なくなるところだった。

「明日は、依頼主である被告人との最終確認でした。明後日は、裁判です。遅れるともっと大変な事になるところでした」

「……ギリギリセーフでしたね」

悠斗さんは、忙しい中でスケジュールを調整して結婚式と新婚旅行の日を作ってくれたのに、遅れたらそれが台無しになるところだった。

不幸中の幸い……まさに、この事だ。あの時にミルキーちゃん達が夜遅くまで起きていて、隠れてなかったら私達は、そのまま北海道に行くところだった。

その後飛行機は、北海道の方の天気が酷く欠航までになってしまう。

これは、遅刻だけでは済まなくなっていただろう。

私と悠斗さんは、夕食を食べながら、そのニュースを観て唖然としていた。

考えただけでもゾッとする。しかし気になる事が……。

私は、マロン達をチラッと見る。

「もしかして、これってマロン達が知らせようとしてくれたのかしら？　危ないからやめた方がいいって……」

「……そうですね。ただの偶然かもしれませんが、奇跡的にもそれで助かりました」

「そうなの？　マロン、ミルキーちゃん、ショコラちゃん」

「ニャー」

マロン達は、鳴きながらこちらを見る。しっぽを振るが、また呑気にエサを食べていた。本人達は、無意識なのだろうか？

それとも狙ってそのように仕向けたのかしら？

分からない。分からないけど、奇跡的な偶然だ。そうまるで……。

「まるで猫の恩返しみたいですね」

「えぇ……そうですね」

こうして私達の新婚旅行は、不思議な事が起きたまま無事に終わった。

もちろん次の日の裁判の方は、見事悠斗さんの圧勝だったとか。しかしその不思議な出来事がまだ続いていた事は、その時の私達には、知る由もなかった……。

それから月日が流れて十月の始め。私は、仕事を辞めて専業主婦になっていた。

もともとそのつもりだったので、家事をしながらマロン達の世話をしていた。

家も現在建ててもらっている。広い敷地に庭のある一戸建て。

二階は、私達夫婦の寝室と悠斗さんの仕事部屋。そして将来の子供部屋。

一階には、広いリビングとそれに通じる猫用の部屋も造った。

床暖房で、冬になっても猫も私達もぬくぬくだ。日当たりもバッチリ。

完成は、来年ぐらいになるらしい。

今からとても楽しみだった。ミルキーちゃん達も気に入るといいけど。

そう思いながら掃除機をかけて部屋の掃除をしていた。

「こら、ミルキーちゃんとショコラちゃん。そこに乗っていたら邪魔でしょう？」

「ニャー」

二匹は私が掃除機をかけていると、掃除機の上に乗りたがる。

マロンはソファーの上に避難中だが二匹は、追い払っても掃除機の後を追ったりしていた。もう……また乗ろうとするし。

掃除の邪魔になるから困っていると、何だか急に気持ち悪くなってきた。

「うっ……」

どうしようもなく吐き気に襲われる。気持ち……悪い。

私は、我慢が出来なくなりトイレに駆け込む。

トイレで少し吐いてしまった。水を流すと胃の部分を押さえながら出る。

うぅっ……まだ気持ち悪いわ。胃腸風邪かしら？

少し熱っぽいし、体温でも測ってみよう。私は、寝室に行くと棚から体温計を出して熱を測る。

しばらくすると音が鳴り、取り出して見てみる。三十六度九分。うーん微妙。

これから熱が上がるのかしら？　今日は、夕食にキノコの炊き込みご飯にしようと思ったけど早めにセットして寝た方がいいかも……。

そう思いながら、ぼんやりと寝室に飾られていたカレンダーを見る。うん？

そういえば、最近生理になるのが遅れている。いつも生理の日が分かるように印を書いていたが、最近忘れているような気がする。

この前来たのが……。私は、来た日を思い出してみる。

確か結婚式の月には、来ていたはず。あれ？　そうなると……。

私は、三ヶ月間生理が来ていない事になる。もしかして、私……妊娠したの？

それなら、新婚旅行ぐらいにデキたことになる。

いつかは、そうなりたいと願っていたけど……いざ、そうなると何だか不思議な気分だった。そ、そうだわ。病院に行かなくては。勘違いだと困るし。私は慌てて病院に行く支度をした。車に迎えに来てもらい、マロン達は実家で少し預かってもらって、
私はそのまま病院に向かった。そして検査の結果。

「おめでとうございます。三ヶ月目に入りますね」

「あ、ありがとうございます」

その言葉に私は、胸がいっぱいになり嬉しさがこみ上げてくる。

悠斗さんに、早く伝えたい。しかし今、彼は仕事中だ。どうやって伝えようかし

ら？

　私は、考えながら会計を済ませると実家に向かう。

　そして母が居たので、春子さんも含めてその事を伝えた。すると大喜びだった。

「おめでとうございます。結菜お嬢様」

「おめでとう、結菜。やはり私の言った通りになったわね。フフッ……これで我が久保田グループは、安泰だわ」

　春子さんは普通に喜んでくれるのに、母は跡継ぎの事を考えていた。

「もうお母さんったら。まだ、跡継ぎだと決まった訳ではないわよ。男の子か、女の子かも分からないのに」

「何を言っているのよ。絶対男の子よ！　女の子だとしても、次の子が継ぐかもしれないでしょう？　まだまだ若いのだから、いくらでも産めるじゃない」

「えっ……そういう問題？」

　まったく母ったら……。すぐに跡継ぎにしたがるのだから私は、呆れながらため息を吐く。すると春子さんが……。

「それよりお嬢様。五十嵐……あ、若旦那様にお伝えしましたか？」

「そうそう。それが、まだで……どうやって伝えた方がいいかしら？」

春子さんが、間に入って絶妙なフォローをしてくれた。

そうそう、それに悩んでいたのよね。

そのまま伝えてもいいけど、それだとつまらない気がするわね。

「あ、それでしたらいい方法がありますよ」

「えっ？　何々？」

私は、春子さんにサプライズの方法を教えてもらった。意外とお茶目なところもある春子さんに私は笑う。それは、いいアイデアだ。驚く悠斗さんの顔が見られるとなると何だか楽しみになってきた。私は、悠斗さんにメッセージを送った。内容は……。

『今日朝から具合が悪くて病院に行って来ました。そうしたら深刻な問題があり、今実家の方に来ています。悠斗さんも仕事が終わったら来て下さい』

よし、これでいいかしら？　フフッ……楽しみだわ。

悠斗さんが来る前に私は、春子さんとご馳走を作る事に。だが、しかし。

「うっ……吐きそう」

「結菜お嬢様、休んでいて下さい。私がやるので」

「大丈夫よ。これぐらい」

そう言いながらも、やはり気持ちが悪いため春子さんにほとんど任せてしまった。

申し訳ないと思いながらも、やれるところまで手伝った。

夕方になる頃に悠斗さんが実家に来てくれる。よし、入って来たら笑顔で教えてあげようと思い、待っていた。

そして部屋に入ってきた彼に伝えようとした瞬間、悠斗さんに綺麗な花束を差し出された。えっ……？

「おめでとうございます、結菜さん。妊娠したのですよね？」

「えぇっ!?　何で知っているのですか？」

悠斗さんには、サプライズするつもりで教えていないのに……。

「結婚式に出席していた佐藤《さとう》って居たの覚えていますか？　彼は、私の高校時代からの友人なのですが、今日行った病院の医師をしています。外科医ですが。今日病院の産婦人科近くで、あなたを見たと電話がありました。それに、このタイミングで呼ばれるのでしたら間違いないかと思いまして。よくない事なら、実家に帰らず部屋で引きこもって泣いているか、入院になるでしょうから。違いましたか？」

ニコッと微笑みながら言う悠斗さんに唖然としてしまう。さすが弁護士さん。観察力に優れているわね。サプライズのはずが、私の方がサプライズを贈られてしまった。

綺麗な花束を受け取ると苦笑いする。

「せっかく驚かせて喜んで頂こうとしたのに、すでにバレてしまいましたね。はい、そうです。三ヶ月目に入りました」

私が、そう言うと悠斗さんは、ギュッと抱き締めてくれる。

「やりましたね。凄く嬉しいです」

いつもより何倍もの素敵な笑顔で、妊娠した事を喜んでくれた。

私は、それが何よりも嬉しかった。照れて頬を熱くさせる。

「若旦那様。今日は、パーティーがございます。結菜お嬢様が、ご馳走を作り待っていました。ぜひ夕食を食べて行って下さい」

春子さんは、張り切りながらそう言ってきた。

「結菜さんの手作り!? 体調の方は、大丈夫なのですか？ つわりとかは？」

「はい、大丈夫です。手伝ったと言っても、あまり参加が出来ずにほとんど春子さんにやって頂いたので……」

本当は、私が作りたかったのだけど。悠斗さんは、それを聞いて心配そうな表情をしていた。すでに過保護になっている。

「本当に大丈夫ですよ。少し吐き気がありますが体調は、問題ありません」

「それなら……いいのですが」

「さぁ、夕食前に私の部屋に行きましょう。ミルキーちゃん達が、悠斗さんの帰りを待っていましたよ」

私は、悠斗さんをなだめるようにそう言って部屋に連れて行く。その後、父も帰宅して祝福してもらい喜び合う。そしてパーティーを開いた。

気を良くした父は、悠斗さんにお酒を勧めていたが、運転があるからと断っていた。残念がる父を見て笑い合う。

そして帰り道、悠斗さんが運転する車内で私は、自分のお腹を撫でていた。

まだお腹も小さいし何の反応もない。しかし、ちゃんとお腹の中に居るのだと思うと不思議な気分だ。

「楽しみですね、産まれて来るのが」

「えぇ、そうですね」

やっと会えるのね。そう思える事が、ただ嬉しかった。

私達は、親になる事を実感しながら夜の道を走って行くのだった……。

第十章・新しい家族。

それから月日が流れて寒い二月の冬。新居も無事に完成して引っ越した。

ミルキーちゃん達も初めは、慣れない場所にソワソワしていたが、三日が経つ頃には、慣れて床暖房のリビングでお腹を見せて寝ているぐらいだった。私の方も妊娠して七ヶ月になりお腹が目立つぐらいに。歩くのも気を付けないといけなくなり、大変。

そんな中で、悠斗さんが風邪をひいてしまう。

理由は、ミルキーちゃんが何故か屋根に登ってしまい降りられなくなり、悠斗さんが助けるために寒い中救助したのが原因だった。

そして風邪をひいてしまったのだ。

朝起きると頬が異様に赤くなっていたので熱を測ると、三十九度二分。

「大変高熱じゃないですか!?　昨日のせいですよ」

インフルエンザとかだったら、どうしましょう。

「道理で身体が熱っぽく、だるいと思いました。病院に行った方がいいですね」

「その方がいいですよ。仕事も休んで下さいね」

「ですが、仕事が……」

「こんな状態で仕事なんて出来ませんよ。依頼人の方に移したら大変ですし」

仕事熱心の悠斗さんを説得し、仕事を休んでもらった。

悠斗さんはお粥を食べてから、田中さんにお迎えを頼み、病院に向かった。

しばらく待っているとメッセージが届く。どうやらただの風邪だったようだ。

良かった……。でも油断をしたらダメだわ。

風邪でも、こじらせたら大変な事もある。看病しないと……。

私は、急いでベッドを整えていつでも寝られるようにしておいた。

するとしばらくして悠斗さんが帰ってきた。家を出る前より辛そうだった。

「早く着替えて横になって下さい。すぐに氷枕などをお持ちしますから」

私は、すぐに悠斗さんをベッドまで誘導しようとする。するとミルキーちゃんとショコラちゃんが、遊んでとこちらに来る。私達の周りをウロウロと走り回っていた。

「ミルキーちゃん、ショコラちゃん。今日はダメよ！　大人しく向こうで遊んでいてちょうだい」

「ニャー、ニャー」

言っている意味が分からないのか、まだ引っ付いてくる。困ったわねぇと思ったが、注意をしている場合ではない。私は、無視して彼を二階にある寝室に連れて行く。

お腹が大きいから一苦労だが。寝室は、十畳ぐらいある夫婦専用の部屋。

大きなダブルベッドが置いてある。悠斗さんは、辛そうな表情を浮かべながらパジャマに着替えた。

私は、着替えを手伝った後、一階にあるキッチンに向かい氷枕を作ることにした。

氷を砕いているとマロンがこちらに来る。

「ごめんねぇ～マロン。今は、ちょっと遊んであげられないの。悪いけど、ミルキーちゃんと遊んで来てね」

「ニャー」

マロンに優しく言い聞かすと、言うことを聞いて向こうに行ってくれた。

そしてウロウロと戸惑っているミルキーちゃん達に近づいて行く。

さすが、マロン。聞き分けが良くて助かるわ。

もともと賢く、私の意見を素直に聞いてくれる。

そして氷枕を作るとそのまま二階に持って行く。ベッドで横になっている悠斗さんの頭の下に敷いてあげた。

「くっ……」

「あ、すみません。これで少しは、楽になると思いますよ」

「すみません。何から何まで」

「お互い様ですから。他にも必要な事があるならおっしゃって下さい。濡れたタオルと冷たい水をお持ち致しますね」

「ありがとうございます……」

悠斗さんは、申し訳なさそうにお礼を言ってきた。

これぐらいは、夫婦として当然の事だ。私は、ニコッと笑う。

「早く良くなって下さいね」

私は、そう言うと布団をかけ直してあげた。悠斗さんもニコッと微笑むと静かに目を閉じた。辛そう……。顔色も悪くなってきたし。

私は、心配になりながらも静かに部屋から出る。

階段を下りる時にお腹を押さえながら慎重に降りて行く。

「よいしょっ……」

お腹が大きくなると、バランスが取りにくい上に段差が見にくいから大変だ。

気をつけながらリビングに向かう。そしてキッチンで、プラスチック製のたらいに水道水を入れる。氷とタオル、冷たいミネラルウォーターも用意した。

もう一度、二階に向かうとタオルをギュッと絞り悠斗さんのおでこに乗せる。

そして、もう一枚のタオルで汗を拭いてあげた。本当に辛そう……。

悠斗さんを見てみると頬が赤く、汗ばんでいる。

汗をかいても端正な顔立ちのせいか、素敵に見えるから不思議だ。

鼻筋がスッと高く、まつ毛がバサバサに長い。しかも髪が少し崩れている姿は何と色っぽい姿だろうか。思わず見惚れてしまう。

おっ……と、はしたない。私は、慌てておでこのタオルを取るとたらいにつけた。

冷たいタオルのお陰で、少し頭がスッキリする。私は、もう一度タオルを絞ると悠斗さんのおでこに乗せてあげた。これで、しばらくは大丈夫。

起こさないように静かに寝室から出る。目を覚ました時に何か食べられそうな物を作ろう。

私は、もう一度キッチンに戻り夕食の支度をした。

悠斗さんには、消化のいい物にしよう。何がいいかしら?

考えた結果、胃の消化がいい豆腐としらすの雑炊、そしてホットアップルドリンクを作ってあげた。汗で失われがちなミネラルや水分を補給するのにピッタリ。

リンゴをすりおろして、はちみつを大さじ二。お湯を入れて混ぜる。

最後にシナモンパウダーを少々。パラパラと振りかけたら完成。

処方された薬と食事を持って二階に向かう。あれ？

さっきまでリビングで遊んでいたミルキーちゃんとショコラちゃんが居ない。

マロンまで何処かに行ってしまった。また何処に行ってしまったのかしら？

私は、探しながら階段を上がった。部屋が広くなった分見つけにくくなったので困りものだ。最近かくれんぼもお気に入りなのよね。

いろんな場所に隠れては、私達を困らせる。

こないだは、洗濯機の中に居たので驚いてしまったぐらいだ。間違って洗剤を入れたりスタートボタンを押さなくて良かったわ。

大きくなったから行動範囲も広くなったし、気をつけないと……。

ブツブツと考えながら寝室の前まで行くとドアが開きっぱなしになっていた。

あ、バタバタしていて閉め忘れちゃったみたい。

いけないと思いながらドアを開けると、その現場に唖然とする。

「ちょっと、あなた達。何をやっているのよ!?」

中に入ると猫達がベッドの上に居た。しかも全員何故か、寝ている悠斗さんの身体に乗っていた。まるで猫の集会みたいになっているではないか。

悠斗さんは、苦しそうに唸っていた。それもそのはずだろう。

私は、慌ててベッドまで行くと雑炊を乗せたトレイを小さなテーブルに置く。

「ほらほら、あなた達降りなさい。悠斗さんは、風邪をひいているのよ。上に乗ったら重たいでしょ？」

ショコラちゃんを抱き上げて降ろした。マロンは、すぐに退いてくれたがミルキーちゃんは悠斗さんにべったりだった。

「ほら、ミルキーちゃんも降りて」

私は、ミルキーちゃんを抱き上げようとする。すると布団に爪を立ててしがみつくので、スルリと抜けて上手く捕まえられなかった。あら？　私は、もう一度抱き上げようとするが……。

やはり、スルリとすり抜けて布団にしがみついていた。えぇっ⁉

猫は液体だと聞いた事はあるが、本当に液体みたい。それか、ウナギ？

必死に引き剝がそうとするが、より爪を立てるので抱く事もままならない。

「ミルキーちゃん離しなさい」

「ミィー」

「ミィーって鳴いてもダメよ！」

「ニャー」

「ニャーって鳴いても同じでしょ!? ダメなものは、ダメ」

何だか漫才のような言い争いになってしまう。絶妙なボケとツッコミ。

ミルキーちゃんは、さらにしがみついて動こうとしない。

必死に捕まえようとしていると、その騒ぎで悠斗さんが目を覚ましてしまった。

眠い目を擦りながら起き上がる。まだ辛そうで顔色も悪い。

汗もびっしょり。少し虚ろな目をしていた。

「……どうかなさったのですか？」

「あ、ごめんなさい。起こしてしまって……」

「いえ、丁度目を覚ましたところなので。ミルキー、あまり結菜さんに迷惑かけたらダメだろ」

悠斗さんは、そう言うとミルキーちゃんの頭を撫でた。辛そうなのに、優しい表情をしながら。

ミルキーちゃんは、ゴロゴロと喉を鳴らしながら爪を立てるのはやめて、目を細めて喜んでいた。

するとショコラちゃんも「私は？ 私は？」と言いたそうにベッドによじ登ろうと

する。そして一緒に頭を撫でてもらっていた。もう……悠斗さんは、病気なのに。

私は、呆れながらため息を吐く。すると悠斗さんは、苦笑いしていた。

「結菜さんもすみません。看病までさせてしまって」

「あ、いえいえ。妻として当然ですよ。それよりもご飯食べられますか？　雑炊とホットアップルドリンクを作って持ってきたのですが」

「ありがとうございます。少しぐらいなら……」

悠斗さんは、申し訳なさそうな表情をしていた。私は、気にしないでと答えると雑炊などが入っているトレイをベッドまで持って行く。

「これは、美味しそうですね。豆腐としらすの雑炊ですか」

「はい、消化がいいので。一人で食べられそうですか？」

私は、一人で食べられるのかと聞いてみた。すると悠斗さんは、ニコッと微笑んでくる。

どうやら食べさせてほしいらしい。目がそう訴えている。

最近こういう甘え方をされるので困ってしまう。もちろん逆もあるのだけど……。

私は、小鍋に入っている雑炊をレンゲですくいお椀によそう。

そしてフゥーフゥーして食べさせてあげた。悠斗さんは、満足そうな表情に。

「どうですか？　お味の方は？」

「豆腐としらすがご飯と合って、とても美味しいですね。それにとても優しい味がして芯まで温まりそうだ」

悠斗さんは、満足げに食べてくれた。良かった……。

脂質が少なく、たんぱく質がある。風邪で食欲がない時に最適だろう。

「もう一口食べますか？」

私がそう言うと悠斗さんは、頷きながらニコッと微笑む。どうやら食欲が戻ってきたようだ。私は、またレンゲで雑炊をすくうと食べさせてあげた。

結局少し残したが、ほとんど食べてくれた。

次にホットアップルドリンクを悠斗さんの口元に持って行き飲ませてあげる。

少し時間が経ったから飲みやすい熱さになったはずだ。

「甘くて美味しいです。リンゴとはちみつが合いますね」

身体が温まってきたのか、頬の血行も良くなっていた。これなら、薬を飲んで寝たら早めに治るだろう。良かった。

思ったより元気そうなのでホッと胸を撫で下ろした。

「あとは薬を飲んで、もう一度横になって寝て下さいね。明日には、良くなっていると思いますから」

「はい、ありがとうございます。あと……もう一つだけ。お願いを聞いていただけないでしょうか？」

「お願い……ですか？　何を？」

「私が眠るまで、そばに居て下さい」

「えっ？」

「子供の頃は、風邪をひくと母が、ずっとそばに居てくれたので」

悠斗さんからの意外なお願いに、私は驚いてしまった。頬を赤く染め、ジッと私を見てくる。目が潤んで見えるのは、風邪のせいだろうか？

何だか悠斗さんっぽくない甘え方だ。

「分かりました。眠るまで、そばにいます」

悠斗さんは、それを聞くと安心したように微笑む。

そして私の手を握ると、ウトウトしながら目を閉じてしまった。免疫力が低下して心細くなったのかしら？

普段の悠斗さんと違った甘え方に驚きながらも何だか嬉しくなる。

私は、眠ったのを確認するとおでこのタオルを取り替え、ソッと頬にキスをしてあげた。早く良くなりますようにと願いながらチラッと横を見ると、またミルキーちゃんが鳴きながらベッドによじ登ろうとしていた。私は、人差し指を立てながらシッと合図をする。

「ニャー?」

ミルキーちゃんは、きょとんと首を傾げて鳴く。しかし、しっぽを振っていた。

私は、苦笑いしながらミルキーちゃんとショコラちゃんを抱くと寝室から出て行く。

あなた達、重くなったわね。ずっしりと重みのある猫達に驚いてしまった。

身重な私には、二匹を抱くのは大変。何とか寝室の外に出した。

「いい? 悠斗さんは、風邪なのだから大人しく寝かせてあげましょうね」

「ニャー」

そう鳴きながらもドアをガリガリと開けたがるミルキーちゃん。

いや、だから今言ったばかりでしょう?

私は、仕方がなくミルキーちゃんをまた抱っこすると一階に連れて行くのだった。

そして次の日の朝。悠斗さんが目を覚ますと熱を測ってみた。

三十六度六分。良かった……熱は下がったようね。

「良かったですね。熱が下がったみたいで」

「結菜さんが一生懸命看病して下さったお陰ですよ。ありがとうございます」

「いえいえ。妻として当たり前な事をしただけです」

大げさなものではない。そう言うと、悠斗さんは、私の腕を掴み抱き締めてきた。

えっ？　突然の行動に身動きが取れないでいると、耳元に顔を近づけてきた。

「そんな事ないですよ。結菜さんの優しさが看病から伝わってきました。そばに居てくれて、どれだけ安心したか分かりません」

囁くような甘い声に心臓がドキドキと高鳴ってしまう。もう……からかっているわね。

お見合い当初の緊張して、話すのもやっとだった昔と比べてお互いに遠慮が無くなった気がする。悠斗さんもこうやって甘い台詞を言うまでにはなっていた。

今なんか押され気味で困惑してしまうほどに。

「からかわないで下さい。もう……」

そう言いながらも本心は、嬉しい。私は、文句を言いつつも悠斗さんの顔を見る。

すると甘いキスをしてくれた。いつもおはようですするキスだ。

その後も悠斗さんは、順調に回復しているようだった。良かった……。

いつものように元気にいてくれるのが私にとって嬉しい事だ。だから、もっと健康に気をつけてあげようと思った。なのに……。

またしばらくしてミルキーちゃんは、屋根に登って降りられなくなってしまい、助けてと鳴いていた。あなたは、毎回何をしているの？

私は、呆れてため息を吐く。悠斗さんは苦笑いしながら助けに向かうのだった。


そして、そんな私のお腹も五月の臨月まで育つ。いつ産まれてもおかしくない。赤ちゃんの性別が分かり、願った通りの男の子。やはり夢に見た男の子だと、私は確信する。より楽しみが増すばかりだった。

そして今日は日曜日。悠斗さんは、休日だった。

私は大きなお腹を支えながらソファーに座り編み物をしている。お腹の赤ちゃんも早く出たいのか最近活発に動くようになっていた。

ダイニングテーブルのところで座りながら、悠斗さんは子供の名前を習字用紙に書きながら考え込んでいた。いい名前にするにも悩んでおり、なかなか決められないらしい。

「うーん。名前は、一生ものなので悩みますね」

「そろそろ決めないと産まれてしまいますよ？」

「そうなのですが……父親として、最初のプレゼントなので」

そう言いながら、また悩み出す。別に私が考えてもいいのだが、悠斗さんが自分で選びたがっていたから口を挟まなかった。

するとミルキーちゃんとショコラちゃんが、ゴソゴソとテーブルの上に登り出す。そして一枚の習字用紙を口にくわえると下に降りてしまった。

「あ、こら。ミルキー返しなさい」

悠斗さんが注意をするが、無視して私のところに来る。

「ミルキーちゃんダメよ。ほら、返して」

私は用紙を取り上げたが、よだれでベタベタ。これだと使い物にならない……。

あら？　そこに書かれていた名前に注目した。よだれでベタベタのせいで溶けてしまっているが、達筆な綺麗な字だ。

『勇翔』と書かれていた。はやと……と読めばいいのかしら？

「あ、それ『はやと』と読みます。勇敢に羽ばたくように輝いてほしい。そんな男の子になってほしいと思い考えました。まだ候補の中の一つなのです」

「あら、いいじゃないですか……これ」

私は、この名前を見ていいと思った。素敵な名前だわ。

勇敢に羽ばたくように輝いてほしい、か。男の子ならそうなってほしいわよね。

きっと悠斗さんみたいに正義感のある優しい子に育つかもしれない。

優秀な子になるかもしれない。でも一番は、元気にスクスクと育ってほしい。

その願いが込められた名前だと思えた。それに読み方を変えると『ゆうと』にもなる。面白いわね。

「勇翔《はやと》。あなたは、この名前……どうかしら？」

私は、お腹の中に居る赤ちゃんに呼びかけてみた。

するとポコッとお腹を蹴ってきた。あ、反応したわ！　元気に反応してくれた。

「あ、今お腹を蹴りました」

「えっ？　どれどれ」

悠斗さんは、慌ててお腹に耳を当ててみる。するとまた蹴ってきた。

「あ、本当ですね。凄くいい反応をしていますね」

「でしょ？　きっとその名前が気に入ったのだと思います。ねぇ～勇翔」

私は、クスクスと笑いながらまた呼びかける。

するとまたポコッと蹴る。きっと喜んでいるのだと思った。

子供の名前が決まり産まれてくるのが楽しみになる。しかし。その楽しみは、すぐにやって来てしまった。

夕方頃。お腹がズキズキと痛み出してトイレに向かった。

何だかトイレが近く感じる。すると思わぬ事が起きてしまう。

えっ？　おしるしが出てしまっていた。おしるしは、子宮の出口付近の卵膜が少しずつ剝がれて出血する事だ。

私は、慌てて重いお腹を抱えながらトイレから出た。

早く支度しないと産まれてしまう。

「悠斗さん。大変……おしるしが来てしまいました！」

「えっ？　ちょっと待って下さい。今すぐ病院に電話します。あと車の準備も……とにかく座っていて下さい」

悠斗さんは、少し焦るもすぐに状況判断をして私をソファーに座らせた。

そしてスマホでかかりつけの病院に連絡をする。私は、その間にもお腹がズキズキと痛くなっていた。

「お腹が……痛い」

どうする事も出来ない痛みが私を襲ってきた。い、痛い……。

「大丈夫ですよ。すぐに出産が始まる訳ではないので。定期的に痛みが来るはずですが、すぐに和らぎます。電話も済ませましたし、私は、車を用意してきますから待っていて下さいね」

悠斗さんは、電話を済ませるとすぐに車を出しに向かう。ミルキーちゃん達とマロンは、よく分からない状況。ウロウロしていて落ち着かない様子だった。

「あなた達、大丈夫だから。こちらにいらっしゃい」

私は、優しく呼びかける。悠斗さんの言った通りだ。少し経つと痛みが和らいできた。

しかし、しばらくするとまた痛み出した。悠斗さんに様子を見ながら連れ出され車に乗り込む。マロン達は、仕方がなくお留守番させることになった。

今は、ミルキーちゃん達も大きくなりお留守番も出来るようになってきていた。

十分置きに来る痛みを必死に耐えながら病院に向かう。

病院に着くと看護師さん達が待ち構えていてストレッチャーに乗せられる。

そしてそのまま分娩室まで運ばれた。

悠斗さんも、出産の立ち会いを希望していたため一緒に分娩室に向かう。

しばらくすると破水。そのまま出産が始まる。

「五十嵐さん。大丈夫ですよ～、まず息を吸って吐いてみましょう」

産婦人科の担当医師がそう言ってきた。

私は、汗を大量にかきながら指示に従う。息を吸って吐く。それを何度か繰り返す。

「そのまま、そのまま。では、もう一度吸ってから力んでみましょう。せーの」

「うぐっ……」

私は、必死で掴まるところを握り力んだ。痛い……辛い。

「結菜さん。頑張って下さい」

悠斗さんは、私の手を握り励ましてくれた。

しかし嬉しいとか言っている余裕はない。必死にその痛みに耐える。

こんな痛みは、今まで一度も経験した事はない。

出産は聞いていた以上に深刻な痛みだった。意識が朦朧とする。

「五十嵐さん、まだですよ。はい、もう一回頑張って。頭は、出てきています。はい、せーの」

「ひぃ……ぐっ……」

どんな風に力を入れていいか分からない。とにかく必死で痛みと戦いながら力む。

あとどれぐらい我慢したらいいの？

「結菜さん。頑張れ！」

遠くから悠斗さんの声が聞こえてくる。意識が途切れそうだ。

その直後だった。大きな産声が聞こえてきた。あれ……？

「おめでとうございます。可愛い元気な男の子ですよ」

医師の言葉に私は、我に返る。どうやら無事に産まれたらしい。

息を切らしながら、ぼんやりする意識の中で悠斗さんを見る。

悠斗さんは、涙を流しながら微笑んでくれた。

「お疲れ様。産んでくれて、ありがとうございます」

労いの言葉をかけてくれる。手をギュッと握り締めながら優しく。

私は、涙が出てきた。嬉しさがこみ上げてくる。

悠斗さんは、初めて我が子を抱くと私に見せてくれた。

慣れない手付きで抱かれた我が子。小さくてか弱い。

手足を動かしながら必死に目を開けようとしていた。可愛い……。

目元は、悠斗さんに似ている気がするわね。赤ちゃんなのに色白で可愛い男の子だった。私は、手を伸ばして我が子の手を握る。小さくて紅葉みたいな手。

するとギュッと力を入れて握り締めてくれた。

まるで私が母親だと分かっているようにも思えた。あたたかい。

「……勇翔」

初めて産まれた我が子を名前で呼んでみる。

するとピクッと反応してこちらに耳を傾けてきた。反応している。産まれたばかりの赤ちゃんは目がまだ見えないけど、耳は聞こえていると言っていた。本当だったんだ。

私は、感動してさらに涙が溢れてくる。心の底から嬉しいと思えた。

出産が終わると病室に連れて来られる。この時は、まだ赤ちゃんと同室にはなれなかった。

ベッドで寝かせてもらうと私の両親、悠斗さんの両親がお見舞いに来てくれた。

「結菜、おめでとう。可愛らしくて賢そうな男の子じゃない。これで跡継ぎは、安泰だわ」

母は、跡継ぎが産まれたと大はしゃぎ。私は、それを見て苦笑いする。

まだ、そうなるとは決まった訳ではないのに……。

継がないと言ってきたとしても、この子が幸せでいてくれるのならそれでいいと思った。勇翔の顔を見たら、なおさらそう思える。するとお義母様が私に「結菜お嬢……じゃなくて結菜ちゃん。出産おめでとうございます。可愛らしい孫に会わせてくれてありがとう」とニコッと笑顔でお祝いしてくれた。お義父様も嬉しそうに微笑むとお義母様の肩を抱いていた。やっぱりこの二人は、理想の夫婦に思える。

私も悠斗さんとこれからもっと頑張って理想の夫婦になりたいと思った。

「ありがとうございます」

私は表情を和らげながらお礼を言うと、新たに決意した。しかし育児は、そんな甘いものではなかった。私も悠斗さんも初めての育児。慣れない事に戸惑ってしまう。

退院前に授乳の仕方や沐浴の指導を受ける。そしてやっと退院が出来た。

その間。悠斗さんは、猫達の世話をしながらお見舞いに来てくれたのだから相当大変だっただろう。

久しぶりの我が家。一週間程度の入院だったのに何だか懐かしく嬉しかった。

自宅に入るとマロン達が大急ぎで駆け寄ってきてくれた。相変わらず走り方も可愛い。短い足を必死に動かして来た。

私は、勇翔を悠斗さんに預けるとマロン達の頭を撫でてあげた。病院には、ペットを連れて行けないから本当に一週間ぶりの再会。

マロンもミルキーちゃん、ショコラちゃんも、嬉しいのかピョンピョンと跳ねたり、構ってと喉を鳴らしたり大忙し。かなり興奮気味になっていた。

そんなに寂しかったのかしら?

私は、クスクスと笑いながら順番に抱っこして、よしよしと身体を撫でてあげる。

そして初めて勇翔をお披露目する事に。

勇翔をリビングに敷いたベビー布団に寝かせて見えるようにした。

「さぁ、新しい家族よ。名前は、勇翔。仲良くしてあげてね」

私が紹介をするとマロンとミルキーちゃんは興味津々。勇翔に近づいていく。

頭などのにおいをクンクンと嗅ぎながら認識している。

しかし知らない赤ちゃんがいきなり登場したので、ショコラちゃんは驚く。

あっという間に猫の部屋にあるケージに逃げてしまった。相変わらず人見知りが激しいわね。あの子は……。

まぁ、最初の内は、こんなものだろう。

今は慣れないだろうけど、その内に家族だと認識すると思っていた。

それよりも大変なのは、これからだ。入院していた間は、専門の看護師さんがサポートしてくれたから安心だった。しかし自宅に帰ったら今度は、自分でやらないといけない。

上手く指導通りにやれるかしら？　何だか不安しか残らなかった。

だがその不安は、すぐに現実のものに……。

相手は、赤ちゃん。何故泣いているのか理解をするのが難しい。

授乳だと思いミルクをあげてみるが、なかなか飲んでくれない。オムツかな？

そう思い確認するが濡れてもいない。なら、眠いのかな？

私は、抱っこしてみるがギャン泣きは止まらない。

必死に理由を探すが分からず、こちらまで泣きたくなってくる。

「悠斗さん……」

私は、泣きたい気持ちを抑えながら悠斗さんに助けを求める。

彼も困惑した表情をしていたが抱っこを代わってくれた。

「私も育児は初めてで至らない点がありますが、何とか努力をしてみます。この状況ですが、多分汗をかいて気持ちが悪いのかなぁと。なので試しにお風呂に入れてみましょう」

悠斗さんお得意の観察力と、出産前に調べた知識でそう言ってきた。

私より熱心に育児の指導を聞き、調べてくれていた。

時には、私達の母や子育て経験のある同僚に育児について聞いてくれる。

そういえば悠斗さんと一緒に働いていた井田さんは、シングルマザーだとは驚きだった。小学生の娘さんが居て子育てに関して色々アドバイスしてくれたとか。

出産祝いも頂いたので今度改めてお礼のご挨拶に行かないと……。

そう考えている間に悠斗さんは、ベビーバスの準備をするために浴室に向かう。

私も慌ててついて行く。彼はベビーバスにぬるま湯を入れていた。

最近のベビーバスは、可愛くて便利だ。新生児用もあり、寝かせられるようになっている。ふかふかなので入れやすそうだ。

すると悠斗さんは、勇翔のベビー服とオムツを外して、恐る恐る湯船に入れる。

驚かせないように足元から慎重に……。何だがこちらまでドキドキしていた。

マロンとミルキーちゃんも気になるのか私の隣で大人しく同じように見ている。

ショコラちゃんも気になるけど怖いのか、ドアの隙間から半分だけ顔を出して覗いていた。それも相変わらず。

大きくなっても人見知りのショコラちゃんは、何も変わらないようだ。

すると悠斗さんは、お湯で濡らしたガーゼを勇翔のお腹の上に置く。

これで、お腹を冷やさないようにする。その後に勇翔を利き手と反対の左手に持つ。

別のガーゼを使い身体を優しく拭いてあげた。

「勇翔、どうですか？　しっかり支えているから怖くないですからね」

悠斗さんは、怖がらないように優しく語りかけながら拭く。

すると最初は、怖いのかぐずっていた勇翔だが、少しずつ目を細めてニコニコと笑うように。あ、どうやら成功したみたいだわ。

「悠斗さん、凄い。正解みたいですよ」

「えぇ、そうですね。勇翔……気持ちがいいですねぇ」

ニコニコする勇翔に私達は、ホッと胸を撫で下ろした。

身体を洗い終わると柔らかいバスタオルで優しく拭いてあげる。

そしてオムツをして、新しいベビー服を着せた。

「気持ちが良かったですねぇ～」

私もニコニコしながらあやす。しかし機嫌がいいのは、その時までだった。

しばらくするとまた泣き出してしまった。何故!?

もしかして今度こそ授乳？　私は、急いで授乳に切り替える。

今度は、正解だったようだ。ゴクゴクと飲み始める。

まさか、育児がこんなにも大変だったとは……。

理想と現実の差に私と悠斗さんは、ぐったり。

その後も慣れない育児に悪戦苦闘だった。どうしたら泣き止んでくれるの？

悠斗さんは積極的に育児や家事に参加してくれるが、やはり仕事も忙しい。

あまり迷惑をかけたくない。夜も授乳を定期的にやらないといけないし、機嫌が悪い時は、朝近くまで泣きっぱなし。

悠斗さんは授乳以外は変わると言ってくれたが、日中は仕事があるので、私は遠慮して夜中に家の中を歩き回り寝かしつけた。

ほとんど寝られず睡眠不足。今日は、何とか寝てくれたが。

その間に洗濯物を取り込む。早くしないと目を覚ましてしまう。

泣くと他の家事がやれず、悠斗さんに簡単な物しか食べさせてあげられない。

彼は、もし無理なら自分で作れるから大丈夫だと言うが、それだと手抜きをしているみたい。妻失格な気がして嫌だった。

もっと頑張らないと……。慣れない育児が不安とストレスになる。

笑顔も段々と無理やり作るようになっていく。

子供が泣いているのを見ると自分も泣きたくなってくる。

どうしたら上手く出来るのだろう？　私に何が足りないのだろう？

頭痛がするのを我慢してキッチンに行こうとする。

その時だった。視界が歪んで見えた。えっ……？

私は、そのまま倒れてしまった。グルグルと目が回る。

気づくと辺りが真っ暗になり何も見えなかった。

微かに勇翔の泣き声とマロン達の鳴き声が聞こえてくる。それに……悠斗さんの声も。


ハッと目を覚ますと病院のベッドの上だった。あれ？　私……。

どうやらそのまま倒れてしまったらしい。どうしよう……。

するとガチャッとドアが開いた。中に入って来たのは、お義母様だった。

髪を下ろしたお義母様は、お見合いの時と違い可愛い雰囲気の人だ。

「良かった、気づいたようですね。驚きましたよ。悠斗が慌てて電話してきたので。倒れたのは、過労と睡眠不足だそうなので、今日はゆっくり休んで。明日には、帰れるそうですよ」

「お義母様。すみません……私。倒れてしまったみたいで」

「いいのですよ。息子は、とりあえず家に帰らせました。猫達と孫が居ますので」

「そうですか……」

情けないと思ってしまった。家事や育児もままならないのに倒れるなんて。

育児と家事を完璧にやろうとしただけなのに……。

理想の夫婦になろうとしたのに、上手く出来ない。

そう思ったら涙が溢れてくる。するとお義母様は、私の肩をポンッと叩く。

「結菜ちゃんを見ていると若かった頃の私を思い出すわ」

「お義母様の？」

「悠斗から聞いていますでしょ？　私は、元パラリーガルで主人のパートナーだったと。あの頃は、何事も必死で。育児に家事……いい母親になろうとしていました。で、結局倒れてしまって、主人に大分心配をかけてしまいました」

お義母様の寂しそうな表情に私は、ハッと思い出す。

そうだった……お義母様は、それで仕事を辞めたのだった。

辛かっただろうと視線を向けるとニコッと微笑まれる。

「ですが、主人の言葉にハッとしたのです。私は、完璧になろうとして自分で自分の首を絞めていた。主人は、そんな私を望んでいませんでした。息子もです。仕事も大切ですが、何よりも自分が一番大切にしたいのは何か？　それを考えたら私は、家庭という選択肢を自然と選んでいました。結菜ちゃんの大切なものは何ですか？」

お義母様の言葉に衝撃を受ける。私が大切にしたいもの？

そう思った時に、あの夢の事を思い出した。私は……。

「私が大切にしたいのは、皆が笑顔で居られる家庭を作る事です」

そこには、悠斗さんや勇翔が居て。マロン達も居る。

皆で楽しそうに笑っている家庭。まさに私の憧れだった。

するとお義母様は、近くにあった椅子に座る。そして私の手を握ってくれた。

「結菜ちゃんが無理をして笑顔をなくしていたら意味がないと思うの。無理な時は、私やあなたのお母様に遠慮なく頼りなさい。悠斗も言えば、快く手伝ってくれるはずよ？」

「でも……悠斗さんには、仕事が……」

「それぐらいの協力をさせても、罰は当たりませんよ。あの子も父親なのだから。子育ては、体力勝負。自分一人が頑張るのではなく助け合わないと。私も体調が悪い時、よく主人に赤ん坊の息子を連れて出勤させましたよ？　もうその光景が笑えること」

ホホッと笑うお義母様に、唖然とする。えっ？　お義父様が？

意外とお義母様は、気さくでフランクな部分もある。

「つまりは、少しぐらい手を抜いても誰もあなたを責めたりはしないって事です。私も手を抜く事が出来て随分と助けられたもの。今だと私より息子が、しっかりしているけど。あの子もまだまだですね。結菜ちゃんを不安にさせているのですから」

フフッと得意そうに笑うお義母様。私は、それを見て自然と口元が緩んだ。

何だか肩の力が抜けていく。そうか……手を抜いてもいいのか。

私は、いつの間にかプレッシャーと重圧に負けていたようだった。

勝手に悠斗さんの両親に対して憧れを抱き、そうなろうとした。

でもそれがかえって自分にプレッシャーを与えてしまったらしい。

「私……お義母様とお義父様みたいな理想の夫婦になれるでしょうか？」

「もう、すでになっていると思いますよ。あなたを心配してくれる夫。可愛い息子。そして私は、猫アレルギーで近づけないけど猫達。それは、あなた達が築き上げてきたモノ。大切になさって下さい。それは、結菜さんしか出来ない事ですから」

「はい」

私は、やっと本物の笑顔を見せる事が出来た。

今の私達を大切にしようと思った……それが理想に繋がるのだから。

次の朝。悠斗さんがお見舞いに来てくれた。

「おはようございます」

私は、笑顔で挨拶をすると悠斗さんは、申し訳なさそうな表情をする。

こちらに来るとギュッと私を抱き締めてくれた。

「すみませんでした。あなたの負担にならないように父親としてしっかりやろうと思っていたのに、結局あなたにプレッシャーを与えてしまった。自分の不甲斐なさに情けなくなりました」

悠斗さんの言葉に思わずクスクスと笑ってしまった。

私が急に笑うから悠斗さんは、驚いてこちらを見てきた。考えている事が似ている。

「……どうかなさいましたか？」

「あ、ごめんなさい。同じ事を考えていたから可笑しくて。もう大丈夫です。ぐっすり眠って良くなったし、それにお義母様と話をしたら大分楽になりました」

「……本当ですか？」

「はい、ご心配おかけしました。私は、私のやり方で無理をせずに頑張って行こうと思います。家庭のことも母親としても」

ニコッと笑顔で悠斗さんに笑いかける。そこには、迷いはなかった。

すると悠斗さんは、一瞬驚くもクスッと笑う。

「そうですか。結菜さんが、そうおっしゃるなら私も協力します。ですが、これだけは約束して下さい。絶対無理はしない事。そして悩んだ時は、私に一番に相談して下さい。私では、頼りにならないと思いますが、全力でサポートさせて頂きます」

私の手を握りながら真っ直ぐ私を見て言ってくれる。

まるでお義母様とお義父様の過去を再現しているように思えた。

私は、嬉し過ぎて涙が溢れてくる……。

「はい。約束します」

「愛しています……結菜さん」

そう言い私をまた抱き締めてくれた。そこから伝わってくるあたたかい気持ちに、私は幸せを感じる。

「私も……愛しています」

帰ろう……家に。可愛い猫と息子が待っている家に……。

そして数ヶ月後。私は、無理をしない程度に家事と育児を頑張った。

無理な時は、遠慮なく母とお義母様に頼るようになった。

悠斗さんも前よりも積極的に家事と育児に参加してくれる。それと……別の変化も。

夕食の支度をしているとやけに勇翔と猫達が大人しい。どうしたのかしら？

そう思い、覗いてみる。あらあら。勇翔は、猫達に囲まれて眠っていた。

眠っている勇翔を囲うように猫達が円になっていた。

「これはまるで、魔方陣みたいね」

私は、驚きながらクスクスと笑ってしまう。

あの頃から猫達も協力的になった気がする。勇翔が泣けば集まり出す。おもちゃを引きずって持ってくるようになった。

ショコラちゃんも怖がらずに相手してくれる。

ただ猫の舌は、ザラザラしているので舐めたりすると痛い。

よだれもついて嫌がらせみたいになっているのは、困ったものだが……。

私は、ソッと勇翔にブランケットをかけてあげた。

猫達には、小さなブランケットを。可愛い寝顔に心が癒される。


それから勇翔も七ヶ月。お座りが出来るようになった。

育児もまだまだ手がかかり大変だが、皆の協力で少し余裕が出てくる。

しかし新たなトラブルが……。
「うぅ……やぁ……」
勇翔は、よくミルキーちゃんとタオルやぬいぐるみを取り合う。
ぬいぐるみを取ろうとするがミルキーちゃんも負けてはいない。
必死にぬいぐるみをくわえて離そうとしない。
「あらあら。二人とも……喧嘩しないの。どちらも離しなさい」
私は、慌てて叱る。すると驚いたミルキーちゃんは、口を離した。
急に離したから、勇翔は後ろに転がってしまった。
そうなるとギャン泣き。あぁっ……泣かしちゃった。
私は勇翔を抱っこしてよしよしとあやす。するとミルキーちゃんは、寄ってくる。
今度は、私の取り合いが始まった。
まるで兄弟喧嘩のような状態に私は、苦笑いするしかなかった。
困っていると玄関の方から「ただいま」という声が。
「あ、悠斗さんが帰って来たわ」
私がそう言うとミルキーちゃんとショコラちゃんは、すぐに反応。
バタバタとお迎えに行ってしまった。

「あぁーあぅー」

勇翔も行きたいと手足をバタバタと動かしてアピールをしてくる。

私は、クスッと微笑む。そして勇翔を抱えて立ち上がり、悠斗さんを出迎えに行く。

後ろから、マロンが追いかけてきた。

お見合いから始まった恋愛だったけど、今日も賑やかで幸せな日常を過ごすのだった。

番外編・五十嵐家の家庭事情。（悠斗の父親視点）

これは、ある日の出来事だった。私が所長として経営している『五十嵐法律事務所』、その休憩室。仕事の合間にコーヒーを飲んでいると部下の井田君が来た。

「所長。お疲れ様です」

「お疲れ様、どうでした？　今回の裁判は」

「もちろん勝ちました。酷いものですよ……離婚裁判の元旦那の言い分は。浮気をしていたくせに開き直りが凄いこと。思わずぶん殴ってやろうかと思いました」

井田君は呆れながらコーヒーを淹れていた。私は、それを聞いて苦笑いする。

彼女はシングルマザー。子育てと仕事を両方こなすパワフルな女性だが、昔に旦那さんの浮気でひと悶着あったらしい。

その時の裁判で私が担当したのが縁で、この事務所に転職してきた。

「それより聞きましたよ。悠斗さん、じゃなくて……息子さん。お見合いする事になったんですって？　しかも顧問でやっている、久保田グループの社長令嬢だとか。もしかして事務所を大きくするためにですか？」

「まさか……」

私はやんわりと否定する。先日、久保田社長から直々に息子のお見合いの話を頂いた。

どうやら息子が久保田グループの横領事件を解決した事で気に入られたらしい。

ぜひ自分の娘の結婚相手にと……。

確かに大変名誉な事だし、社長の親族になれば事務所も大きくなるだろう。

私は、コーヒーを飲みながら昔の事を思い出していた。

この事務所は、父が創立したものだ。父も私も必死に大きくしようと努力をしてきた。

そんな中で一人の女性がパラリーガルとして働き出す。

それが今の妻……芽香《めいか》だった。黒髪をアップにまとめて眼鏡をかけた綺麗な人だった。

妻は、私の仕事上のパートナーになる事に。

キリッとしていて仕事もそつなくこなし、私の仕事を全力でサポートしてくれる。

それから、しばらくして親睦会も兼ねた歓迎会を開いた時のこと。

妻の意外な一面を見ることに……。

「はぁー美味しい。お姉さん、ビールおかわり」

妻は仕事では真面目で堅い印象の人だったのに、プライベートだとかなりフランクで気さくな性格だった。

一つにまとめていた髪をほどいて、眼鏡は外してコンタクトに。

ほどいた髪は、思ったよりも長く胸より下まであった。サラサラのロングヘア。

素顔は、少し幼さも残っている感じで可愛らしい印象。

そして驚くほど豪快にビールを飲んでいる。

意外過ぎて驚いたが私には、それが新鮮に思えた。こんな女性は、初めてだ。

私の周りには、酔ったふりをする女性や自分をアピールすることばかり考えている女性が多かったからだろう。

「飲み過ぎじゃないですか？」

「五十嵐さんも一緒に飲みましょうよ。せっかくなんですし」

気さくに笑顔を見せてくれる彼女。

それからだろう。私が興味を抱き、妻を度々食事に誘うようになったのは。

彼女と付き合うようになるには、そう時間はかからなかった。

その後、結婚し、彼女は私の最愛の妻になった。それからしばらくし、息子を妊娠。

彼女はしばらく産休を取得していたが、出産後、また元のパラリーガルに戻った。

育児をしながら私のサポートをするのは大変だろう。

しかし元々真面目な妻は、両立して頑張ると笑顔で言っていた。

あの時に、早く止めるべきだった……。

彼女の性格を考えたら必死に頑張っていたに違いないのに。

しばらくして妻は、体調を崩し倒れた。

原因は、過労とストレス。そして睡眠不足。

幼い息子を育てながらなので当然だろう。私も協力してきたつもりだったが。

それだけでは足りない事に今さら気づく。妻がどれだけ私に迷惑をかけないように気遣い、無理してやっていたのかを……。

不甲斐ない自分が情けない。気づいてあげられなかった自分に後悔する。

妻は……仕事と育児の両立は難しいと医師から言われ、泣いていた。

それを見て仕事を辞めた方がいいとは言えなかった。

仕事が好きで、誇りに思っていると分かっていたからだ。

だから泣く妻を見て私は、ある言葉を投げかける。

「君が、こうなるまで気づかなかったのは私の責任だ。すまない。これからは、より家事も育児も全力でサポートするから、君が後悔のない選択をしなさい」

と……。妻の仕事や育児との両立を批判したい訳ではない。だからと言って、それが当たり前にもしたくない。

妻の気持ちを優先したい。後悔だけはさせたくなかった。

妻は驚きながらも考え込む。しかし、しばらくして「私……仕事を辞めます」と口に出してきた。

「本当にそれでいいのですか？」

自分でそう言っておきながら、どちらが本当に大切なのか。私は、完璧な妻や母親になろうとして無理をしていました。でも……違う。大切にしたいのは、あなたと息子よ。あなたを悲しませたい訳ではない。だから決めました。私は、私のやり方で家族を支えるわ」

そう言った妻は、笑顔を取り戻していた。無理をしているのか？

しかし妻の目には、強い意志を感じた。曇りのない真っ直ぐな目。

どうやら決意を固めたようだった。

その目は、付き合った頃と変わらず綺麗だと思った。

「分かりました。なら、私も私のやり方で、あなたを支えたいと思います。ですが、お願いがあります」

私は、妻を強く抱き締めた。

「無理だけはしないで下さい。悩んだら私に一番に相談して下さい。育児は体力勝負。私達が助け合わないといけません」

「……はい」

妻は、泣きながら私を抱き締め返してくれた。

それからは、私も今以上に頑張って子育てと家事に協力して妻を助けた。

妻の体調が悪い時は、幼い息子を事務所に連れて行った。

周りの部下達が協力してくれたから出来る行為だったが……。

今考えたら不思議な光景だっただろう。


「所長。どうしたのですか？　一人で笑ったりして」

「あっ……いや。すみません……昔の事を思い出していました」

「昔ですか？」

「はい。懐かしい思い出です」

私は、クスクスと笑いながらもう一口コーヒーを飲んだ。

「それよりも。事務所を大きくしないのなら、どうしてお見合いをさせたのですか？　相手は社長令嬢ですよね？　私はどんな人か、会った事はありませんが。悠斗さんは、お見合いでもいいと言っているのですか？　普通なら嫌がりそうな気もしますが」

確かに。普通なら嫌がるだろう。令嬢とのお見合いなんて、形式上のみで政略結婚みたいなものだ。もし息子が嫌がるようなら断っていた。

いくらお世話になっている久保田グループとの縁談だったとしても、可愛い息子を天秤にかけるつもりはない。息子は、妻に似てか真っ直ぐで純粋に育ってくれた。

昔、猫を飼いたいと捨て猫を拾って来た時、妻は猫アレルギーなので家で飼えないと言うと落ち込んでいた。なので息子に……。

「大きくなって一人暮らしを始めたら思いっきり飼いなさい。それまでは、我慢しなさい。この子の里親を一緒に探してあげるから」

そう言って言い聞かした事があった。

息子は、それを素直に守り、一人暮らしを始めるまで我慢していたようだ。

大きくなり、私と同じ弁護士の道を目指した時は、本当に嬉しかった。

猫は、弁護士になったばかりの頃は、時間に余裕がなくて飼えないままだったが、最近やっと飼えたと嬉しそうに話してくれた。

そんな可愛い息子だから、恋愛も自由にさせたい。

しかしパーティーの時にお会いした結菜お嬢様は、とても綺麗で噂通り純粋そうなお嬢様だった。

「恋愛に疎い息子の様子から見ても、どうやら結菜お嬢様を意識しているように感じました。それに大の猫好きと聞いていましたし。なら一度会わせてみれば、お互いの良さに気づくのではないかと思い、この話を受け入れる事にしました。お嬢様の意思も息子を知ってもらえれば、問題なさそうですし」

私は、クスッと笑うと、もう一口コーヒーを飲んだ。

すると井田君は、それを聞いて唖然としていた。うん？

「所長って……戦略家とかペテン師とか言われません？」

「そうですか？」

「はい。たまに思っていましたか、何でも戦略的です。クールに見えて実は、計算されているみたいな」

井田君の言葉を聞いてクスクスと笑う。戦略家とかペテン師とか、とんでもない。

息子の幸せを願っている、ただの父親ですよ。

私は、席を立つ。

「さて無駄口を叩いてないで、仕事に戻りますか。今日は早くやっておきたい案件もありますし」

「あ、待って下さいよ、所長」

井田君は、慌ててコーヒーを飲み干すと追いかけてくる。私は、それを見てまたクスッと笑う。

さて、あの子達は、どう愛を育んでいくのかな?

そうだ。デートに向けて、息子に映画の割引券を渡してあげよう。

それに、可愛い猫達だって居る。きっと大丈夫だろう。

あの子達の未来が、どうか幸せでありますように……。


END。

あとがき。

この度、この小説を手に取って頂きありがとうございます。

初めての書籍化だったので、色々と戸惑う事もありましたが、完全書き下ろしとして頑張って書き上げました。

この作品は、弁護士として働くヒーローが、猫好きで意外なギャップを持っていたら面白いなぁと思いこうなりました。私も猫が好きなので。

書いている内にほのぼのとした感じに仕上がりました。

何気にヒーローの父親もお気に入りです！

不思議なご縁で、このお話を頂く前にコピー機を買う決断をしていました。

すると、その後にコンテストに出していたサイト様経由で、この話を頂きました。

しかも驚く事に一時間後に……。

ネット回線を繋げようと契約までしていた矢先でもありました。

いずれパソコンも入れるつもりで（笑）　そして、すぐ購入（笑）

そして、またまた驚く事に発売日が亡くなった兄と姉（双子）の誕生日二日前。もはや奇跡の連続です！

これは、神様から「環境を整える気があるのなら書籍化してみなさい」とのお告げでしょうか（笑）

不思議なご縁から繋がり、このように形に残せて大変嬉しく思います。

チャンスを下さったサイト様。マーマレード様。担当者様。そして関係者の皆様。

素敵な表紙を描いて下さったユカ様。いつも応援して励まして下さる読者様。

この作品を手に取り読んで下さった皆様に心から感謝致します。

ありがとうございました。また、会える日を願って……。

水無月《みなづき》サチ

マーマレード文庫

不本意なお見合い婚のはずが、
クールな弁護士に猫かわいがりされてます

2022年2月15日　第1刷発行　定価はカバーに表示してあります

著者　水無月サチ　©SACHI MINAZUKI 2022
編集　株式会社エースクリエイター
発行人　鈴木幸辰
発行所　株式会社ハーパーコリンズ・ジャパン
東京都千代田区大手町1-5-1
電話　03-6269-2883（営業）
0570-008091（読者サービス係）
印刷・製本　中央精版印刷株式会社

Printed in Japan ©K.K. HarperCollins Japan 2022
ISBN-978-4-596-31965-4

m a r m a l a d e b u n k o